「ずっと友達でいてね」と言っていた女友達が

友達じゃなくなるまで

This is the memory
until the girl who said
"Please be my friend foever."
is no longer my friend.

岩柄イズカ
イラスト maruma（まるま）
Story by Iwatsuka Izuka Art by maruma

「えーと……シュヴァルツって、女子……だった、の？」
杉崎優真（ユーマ）
そこには——天使がいた。

「あ、あの……あの、ね？
わ、わた……」
上城ゆい（シュヴァルツ）

「ユーマにかわいいって言ってもらえるの……うれしいから……」

「こ、これとか、どうかな？」

(もしユーマが
わたしのこと好きなら……
付き合ってあげたら、
喜んでくれるのかな……？)

Contents

『ずっと友達でいてね』と言っていた女友達が友達じゃなくなるまで

岩柄イズカ

GA文庫

カバー・口絵　本文イラスト
marumaa（まるま）

PROLOGUE

◆プロローグ

親友というのは、人生で最高の宝物だ。

趣味が合って、気が合って、言いたいことは言い合えて、やりたいことはやりあえる。いいことがあったら喜びが倍になって、悲しいことがあっても二人で分け合って半分にできる。時々振り回されてしまうこともあるけれどそれすら楽しい。

極論、一人でも最高の親友と言える相手がいたら人生はだいたい何とかなる。そう思えるくらいの存在が親友だ。

ではそんな最高の親友を……異性として好きになってしまったら、いったいどうすればいいのだろうか？

杉崎優真《すぎさきゆうま》とその親友――上城《かみしろ》ゆいは、二人で一緒に学校へ向かっていた。

他の人とは違う白い髪。高校生にしては小柄な背丈。少し前なら子犬のように懐いてきてくれたゆいは、先程から優真と反対方向を見ていてこちらを向いてくれない。

ただその理由は喧嘩《けんか》したとか、そういうのではない。

優真とゆいは二人で手を繋《つな》いでいるのだ。しかも恋人繋ぎで。

ゆいはそれが恥ずかしくてたまらないようで、耳までまっ赤になっている。

優真の方も心臓がバクバクして破裂しそうだ。顔が熱い。

「……恥ずかしいなら、やっぱり離しとくか？」

優真がそう提案するとゆいはふるふると首を横に振った。

まるで『はなれたくない』と言うみたいに、小さくて柔らかい手がキュッと優真の手を握ってくる。

――好かれている自覚はある。だが優真にはまだ、ゆいの『好き』がどういう好きなのかはっきりわからない。

元々ゆいは異性に対して無警戒というか無防備というか、大人しくて引っ込み思案なくせに距離感は近くて、スキンシップなども平気でやるタイプだった。

だから今こうやって手を繋いでいるのも友達としてのスキンシップの一環なのか。それとも……少しは異性として意識してくれているのだろうか？

一つ言えるのは優真はもう、そんなゆいのことがかわいくてかわいくて仕方ないということだ。

ゆいの手をギュッと握り返しながら、優真はゆいと出会ってから今日までの日々に思いをはせた。

◆一話◆『ユーマ』と『シュヴァルツ』

二人が出会ったのは中学二年生の夏休み。

『グランドゲート』という世界的に人気なオンラインゲームの中でだった。

グランドゲートは本当に異世界を冒険しているような自由度とゲーム性が売りのMMORPG。

とにかく突発的なイベントの量が非常に多く、冒険していると自然とハプニングに見舞われていつまでも飽きずにプレイしていられる。

当時の優真《ゆうま》は孤高のソロプレイヤー（ぼっちともいう）。

『現実ではぼっちな俺《おれ》もゲームでなら……』と思って始めたのはいいが、ゲームの中とはいえ見ず知らずの相手に『一緒に冒険しよう』などと言う勇気はなく、結局一人で旅をしていた。

——ある日、優真が乗っていた交易船が大型モンスターに襲撃された。

敵は本来なら高レベルプレイヤー五人以上で挑むような大型ボス、クラーケン。

対するは優真が操作する大魔道士『ユーマ』と、たまたま乗り合わせた全身重鎧《じゅうよろい》の聖騎士『シュヴァルツシュヴァイン』の二人だけ。

一応マナーとして真面目《まじめ》に戦いはするけど、勝てる相手じゃないだろう。そう思いながら挑んだ……だが。

——本当の意味で息が合うというのを、その時初めて体験した。

最初はバラバラに戦っていた。だが戦っているうちに気づいたのだ。

完璧《かんぺき》なタイミングでの回復。理想的なヘイトコントロール。歓声を上げたくなるような大技のラッシュ。

シュヴァルツシュヴァインは間違いなく熟練の強者だった。

かくいう優真も当時の環境における最高クラスの装備で固めた上位プレイヤー。負けじとシュヴァルツシュヴァインが敵の攻撃を防いでいる間に大火力を叩《たた》き込む。

そうしているうちにお互いが理解した。『この人は背中を預けられる人だ』と。

気づけばお互いに連携を取り、抜群のコンビネーションでクラーケンを圧倒していた。

最後は二人で爆弾を満載した小舟で特攻。

爆発《ばくはつ》寸前で海に飛び込み脱出という映画のような展開になった。マンションなのに深夜に奇声を上げてしまってお隣さんから壁ドンされた。

シュヴァルツシュヴァインも興奮気味で、チャットで早口にお互いの健闘をたたえ合い、勢いでフレンド登録した。

……今までならそこで終わっていた。

これまでにも行きずりでフレンド登録すること自体は何度かあった。だが、結局その後は冒険に誘うことも誘われることもなく疎遠になっていた。

ただ今回は運が悪かった。……いや、運がよかった。

目的地が一緒だったので、せっかくだからとそこまで一緒に行くことになった。

だが途中で滞在した街がドラゴンに襲撃されたり、移動に使った馬車が盗賊ギルドに襲われたり、激レアモンスターを見つけて追い回したりと、普通はなかなか遭遇しないようなイベントに立て続けに遭遇。

それを二人で時には励まし合い、時には罵《のの》り合いながら乗り越えていった。

いつしかゲームのこと以外も話すようになっていた。

『シュヴァルツシュヴァインって黒い豚って意味だよ』と教えてあげると『うそだああああ!?』と悲鳴を上げて、その場で改名チケットを買って『シュヴァルツ』に改名した時は笑ってしまった。どうも響きだけで名前を付けたらしい。

『中二かよｗｗ』とからかうと『中二だよ!』と返されて、歳《とし》が同じことにまたびっくりして盛り上がって、好きなアニメや漫画の話もするようになって……。

そんな交流を通して思ったのだ。『やばい！　友達と一緒に遊ぶの楽しい！』と。

それまでリアルでもゲームでもぼっちだった優真にとってその楽しさは衝撃的だった。

今までは『別に一人でも楽しいし』などと強がっていたけれど、友達が欲しいと思うようになった。

それから勇気を出して、周りとなるべく関《かか》わりを持つようになって、少ないながらも親しい友人を作ることができた。


――と、ここまでが優真が中学二年の時の話だ。

月日は流れて、優真とシュヴァルツが出会って約一年と八ヶ月。二人は中学を卒業して今は高校入学前、三週間の春休みの初日。

学校が始まる前にやり溜《だ》めしとこうと提案して、シュヴァルツと朝から二人でゲームの世界で遊んでいた。

『シュヴァルツー。最近の漫画かラノベでおすすめあったら教えてー』

優真がチャットでそう聞くとすぐにシュヴァルツから返事が来る。

『んー、ボクの今の一推しは『魔王転生。悪役令嬢の執事になりました』かな』

『あ、それは俺も読んでる。面白《おもしろ》いよな。悪役令嬢ものってあんまり興味なかったんだけど主人公のマオが口からビームぶっぱするところで大笑いして読むの決めた』

『マオもいいけどフィーちゃんかわいいよね。ぎゅーってしてなでなでしたい』

『このロリコンめ。常識的に考えて一番はセーラ様だろ』

『うっさいなー。ユーマなんてどうせおっぱいの大きさで選んでるんでしょ？』

『お前俺を何だと思ってるんだよ⁉』

『おっぱい星人でしょ？』

『いや否定はできないけど！　確かに大きい方が好きだけど！』

そんな風にチャットで軽口を叩き合い、ふっと笑みをこぼす。

一緒に冒険しているうちにゲーム以外のことも話すようになったのだが、アニメに漫画などの他の趣味までドンピシャだった。

好みも近くて、今ではこうしてオート戦闘で狩りをしながらオタク話に花を咲かせるのが日課になっている。

『そういや昨日はつい遅くまでプレイしちゃったけど、体調の方は大丈夫なのか？』

『うん大丈夫大丈夫。問題ないってお医者さんからのお墨付きも出てるから』

『付き合わせた俺が言うのもなんだけど気をつけろよ？　せっかく学校行けるようになったの

に初っぱなから体調崩して休みとか最悪だぞ？』

『だから大丈夫だって。でも心配してくれてありがとね』

――付き合いが長くなってくるとプライベートなこともいろいろ話すようになってくる。

シュヴァルツは優真と同じ十五歳で、高校入学を控えている状態だそうだ。

……ただ、生まれつき身体が弱くて小・中とあまり学校に行けていなかったらしい。

だが最近画期的な治療法ができて、普通に学校に行けるくらいによくなったのだとか。

『正直に言うと学校行くの、少し怖いけどね』

『今までほとんど病院か家で勉強してたんだっけ？　そりゃいきなり環境変わると不安だわな』

『うん。それにちょっと暗い話するとボク、昔いじめられててさ』

その言葉に胸に重いものがつっかえるような感じがした。

『ボクって少し見た目が普通と違うというか……とにかくそれで小学生の頃いじめられててさ。そのトラウマっていうほど大げさなものじゃないんだけど、コミュ障というか、対人恐怖症気味で……』

見た目が違う……身体が弱かったと聞いているし、痩《や》せ細ってるとか髪が抜けてるとかそんなのだろうか？　優真はそんなことを考える。

自分ならもちろんそんなことでシュヴァルツを色眼鏡《いろめがね》で見たりはしない。けれどもシュヴァルツのことをよく知らない……ましてや小学生の頃というならそんなこともあるだろう。

優真は顔をしかめた。一番の友達がそんな目にあっていたと思うとやはり心苦しい。

『何か力になれればいいんだけど』

『ありがとー。気持ちだけ受け取っとくね』

『本当に何でも相談しろよ？　できる限り力になるから』

『ん？　何でも？　今何でもって言ったよね？　ぐへへ』

『お前人が真面目に喋《しゃべ》ってる時に茶化《ちゃか》すの悪いクセだぞ』

『ごめんごめん』

『そういえばお前、どこの高校に行くんだ？』

それは特に意図もなく、気軽にした質問だった。

しかしその答えは予想外のものだった。

『えーと、祭花《さいか》高校ってとこだね』


「え？」

リアルに声が出た。祭花高校は優真の行く学校だったのだ。

『俺も祭花なんだけど⁉』

『へ？　そうなの⁉』

『マジか。お前って住んでるのどの辺？』

そう言って確認すると優真とシュヴァルツが同じ街に住んでいることが発覚した。

『いやーこんな偶然ってあるんだな。一緒に冒険するようになったのも奇跡レベルでイベントが連発したのがきっかけだったし、なんかもう運命的なものまで感じるな』

『あれ？　運命的とか、もしかしてボクって今口説《くど》かれてる？』

『だから茶化すな！　そもそも俺に男を口説く趣味はねえ！』

そう送ると、これまでテンポよくやり取りしていたチャットの流れが急に止まった。

シュヴァルツは驚くほど入力が速くて、いつも秒でメッセージが返ってくる。なのに今回は一分以上かかっている。

優真は首を傾《かし》げ、こちらから聞いてみることにした。

『どうかしたのか？』

『あー……そうだ、まだ言ってなかったよね……』

『何が？』

そこから次の返事までまた間が空いた。

『ごめん何でもない』

『ん。了解』

話しにくいことなら無理に聞き出す必要もないだろう。優真はそう考えてさっさと話題を切り替えることにした。

『けどそういうことならいろいろ手助けとかしてやれそうだな』

『手助け？』

『おう。久しぶりに学校に通うならいろいろあるだろうし。頼ってくれていいぞ』

『いやそんな、あんまり気をつかってくれなくていいよ？』

『俺とお前の仲なんだから気にすんな』

『けどボク、リアルとネットだとだいぶ雰囲気違うと思うよ？　コミュ障だし、一緒にいてもつまらないと思う』

『ならなおさら一緒にいた方がいいだろ。一人ぐらい気安く話せるやつがいないとしんどいぞ？　というかこういう時は遠慮すんな、遠慮される方が寂《さび》しいぞ』

『ありがと。今度エクストリームクエスト付き合うね。雷帝杖《つえ》作りたいって言ってたよね？』

『マジか。助かる』

　たとえリアルで顔を合わせたことがなくても、優真はシュヴァルツのことを一番の友達だと思っている。その友達が不安がってるなら助けてやらないと、そう考えていた時だった。

『ねえユーマ。お願いがあるんだけど』

『ん？』

『学校始まる前に、一度リアルで会わない？』

『オッケー。いいぞー』

『あ……あっさりだね。ボクめっちゃ勇気を振り絞って言ったのに』

『そりゃお前、俺とお前の仲なんだし今さら遠慮することもないだろ』

そう言うと、また返事が来るまでしばらくかかった。

『どうした？』

『ちょっと怖い』

『怖い？』

『これで会って、あからさまにユーマの態度変わったりしたらたぶんボク、ショックで引きこもる』

『お前な、もうちょっと俺を信用しろ。恥ずかしいからあんまり言わないけど俺、お前のこと一番の友達って思ってるんだぞ？　ちょっとやそっとのことで態度変えたりしないから安心しろ』

『ありがとう。ボクもユーマのこと一番の友達だって思ってるよ』

あらたまってこういうことを言うと気恥ずかしいが悪い気はしない。

シュヴァルツはさらに続ける。

『利用するみたいで悪いけど、人と直接話す練習がしたいんだ。ボク、親と主治医の先生くらいしかまともに話せなくて、けどユーマとなら普通に話せるかなって』

『コミュ障克服したいとは思ってるんだな』

『そりゃしたいよ。もう高校生なんだしこのままじゃダメだって思ってる。それに』

『それに？』

『友達が欲しい』

その一言に胸を打たれた。

『ボクね、昔は別にぼっちでもいいと思ってたんだ。だけどユーマと友達になれて、一緒に遊ぶのがすごく楽しくて。ユーマがいない時は寂しくて』

それは以前の優真とまったく同じだった。

シュヴァルツと知り合うまでは休み時間は一人で寝たふりをして、昼食は屋上で一人で食べて、家に帰ったら部屋にこもって一人で黙々とゲームしたり本を読んだりと、そんな生活だった。それでいいと思っていた。

けれどもシュヴァルツと出会ってから友達がいる楽しさを知った。

それでリアルでも友達が欲しいと頑張った。幸い優真は周りの人にも恵まれて、頑張っているうちに知り合いや友達が増えていった。ぎくしゃくしていた家族関係も今ではすっかりよくなって毎日幸せに暮らせている。その全《すべ》てのきっかけはシュヴァルツと出会えたからだ。

『任せろ』

決意を込めてそう打ち込む。

『お前には俺がついてる。絶対お前を一人にはしない。コミュ障治して、お前に最高の高校生活を送らせてやる』

『なんかユーマがイケメンなこと言ってるんじゃがｗｗ』

『うるせえ言ってから恥ずかしくなってきたわ茶化すんじゃねえ！』

何はともあれ、こうして優真は親友であるシュヴァルツの世話をやくことに決めたのだった。

†

地方にあるこの街だが、駅の周りはけっこう開けており遊べる場所も多い。

なので駅前広場にある時計台はこの辺りに住む人達の間では定番の待ち合わせ場所だ。

午後一時ちょうどになると時計台から人形が出てきて音楽を演奏しだす。それを聞きながら優真は周りを見回した。

「……来ないな」

シュヴァルツとの待ち合わせ時間だがそれらしい人影は見当たらない。

ゲームだと待ち合わせ五分前には必ずいるタイプで、時間にはきっちりしていると思っていたのだが……。

（もしかして迷ってるのか？）

シュヴァルツは少々天然が入っている時がある。一人で出歩くこともめったにないらしいし迷子になっているのも十分あり得る話だ。

とりあえずこちらから電話をかけてみることにした。

プルルルル……

プルルルル……

何度もコールしてみるが出る気配はない。

(どうしたんだ?　迷ってるだけならともかく事故とかにあってたりしたら……)

そこはかとなく不安になってきたその時だ。ふと視界の端にあるものが映った。

(…………ん?)

遠くの方、建物の柱に隠れるようにしてこちらを見ている人影があった。

パーカーにズボン姿。フードを被《かぶ》っているのと遠いのとで顔はよく見えないが、スマホを持ってオロオロしている。

電話の方は出てくれる気配がないのでいったん切る。するとパーカーの人も動きを止めた。

パーカーの人は今度はスマホを持ったまま固まっている。まるで誰《だれ》かに助けを求めるように周りをキョロキョロ。するとちょうど近くを巡回していた警察官がその人に近づいていった。

するとパーカーの人は『違うんです!』とばかりにパタパタ腕を振って警察官の助けを断った。去っていく警察官にペコペコ頭を下げている。

再びスマホを凝視。胸に手を当てて深呼吸しているようだ。

そして意を決したようにスマホを操作して耳に当てた。

ほぼ同時に優真のスマホの着信音が鳴り出す。発信元はもちろんシュヴァルツだ。

「もしもし、お前今どこだ？」

『……っ。……っ！』

「あれ？　聞こえてないか？　もしもーし」

『……あ、う……』

……声を出そうとしている気配はするが、ちゃんとした返事がこない。一方で優真の見ているパーカーの人もめちゃくちゃオロオロしている。

「今駅の側にいるパーカー着てフード被ってるのってお前？」

『……っ⁉』

スマホの向こうで息をのむ音が聞こえた。パーカーの人もビクッとしたように動きを止める。

「あ、やっぱりお前か。俺は今時計台の前にいるんだけどわかる？」

『おーい』という感じで手を振ってみる。パーカーの人もこちらを見た。目が合う。そして
――。

『ご、め……』

スマホからかすかな謝罪の声。

その直後にパーカーの人――シュヴァルツはくるりと向きを変えて逃げ出した。

「え？　ちょっ⁉　シュヴァルツ⁉」

『む、むり……やっぱり、むりぃ……』

スマホの向こうからそんな声が聞こえてくる。

――無理？　自分の容姿に自信ないって言ってたけど、そこまで恥ずかしいものなのか？

……なら逃がすわけにはいかない。ここで逃がしてしまったら、シュヴァルツは自分の殻に閉じこもってしまうかもしれない。

――捕まえるんだ。捕まえて、あいつがどんな姿でも『そんなの気にしない』って笑い飛ばしてやらないと。

優真はスマホを耳に当てたまま走り出した。

「シュヴァルツ！　待てって！」

『……っ！　……っ！』

返事はない。いや、返事しないというよりもう息が切れていて返事できないという感じだ。

スマホの向こうから荒い呼吸が聞こえてくる。

そのままシュヴァルツは人気のない裏路地に入った。

すでに体力が尽きてきているようで走り方がふらふらしている。

「シュヴァルツ！」

パーカーの後ろ姿に直接声をかけた。

一瞬こちらを振り返るがまだ逃げようとしている。しかし足がふらふらだ。はっきり言って体力がなさすぎる。

「だから待てって！　なんで逃げようとするんだよ⁉」

追いついて、後ろから抱きつくようにして捕まえた。

逃げられないようにそのまま少し持ち上げる。思ったよりもずいぶん軽くて簡単に持ち上がった。

身体が弱いと聞いていたが華奢《きゃしゃ》で背も低い。なのに不思議と柔らかくて、すごく抱き心地がい――ふにっ。

（ふにっ？）

右手が何か柔らかいものに触れた。場所はちょうど、シュヴァルツの胸の辺り。

「…………へ？」

「っ⁉　やだ……！　やだ……！　はなし、てぇ……！」

シュヴァルツの口から悲鳴のような声が漏《も》れる。

……電話越しでも、男にしては高い声だなとは思っていた。

けど直に聞くとそれはどこか儚《はかな》げで、それでいてとてもかわいらしい。その声はどう考えても……。

「へ？　あ、え？　……えーと、シュヴァルツ……だよな？」

シュヴァルツは抱き上げられたままブンブン頷《うなず》く。

「そ、そうか。はじめまして。で、えーと……シュヴァルツって、女子……だった、の？」

「…………」

シュヴァルツはこくんと頷く。

「……もしかして俺……胸、触った？」

「………………」

しばらくの沈黙。そしてためらいがちにシュヴァルツはこっくり頷いた。

――冷静に。自分のやったことを客観的に考えてみる。
1．逃げる女子を追いかけて。
2．後ろから抱きついて。
3．胸を触った。
すとん、と。まずはシュヴァルツを地面に下ろした。

「あ……いや、その……わざとじゃなくて、その……ごめんなさいっ‼」

優真はほぼ直角に頭を下げた。コミュ障を治そうと頼ってきてくれた相手にこれとか最悪にも程がある。

「あ、だ、だい、じょ……ぶ。わ、わたし、逃げちゃったの、わるい、し……」

頭を下げている優真の耳にか細い声が聞こえる。

「み、見られるの、怖く、て。え、えっと……顔、上げて？　ユ……ユー、マ……？」

「お、おう」

そう言われて顔を上げる。『見られるのが怖い』とはどういう意味だろうと頭の片隅で思ったがその理由はすぐにわかった。

顔を上げるとそこには――天使がいた。

小動物のような愛らしさを感じさせるあどけない顔立ち。染《し》み一つない白くて柔らかそうな肌。フードの下で薄紅色の瞳《ひとみ》が不安そうに揺れているのだが、それがまた庇護欲《ひごよく》をかき立てる。

そしてその天使は、髪がまっ白だった。

目深《まぶか》に被ったフードから覗《のぞ》く雪のような白い髪。脱色したのではこんな綺麗《きれい》な白にはならないだろう。

格好はそのどこか神秘的な雰囲気とは正反対な野暮《やぼ》ったいパーカー姿なのだが、そのミスマッチが不思議な趣になっていた。

優真は完全にフリーズしていた。情報量に頭がついていかない。まじまじと目の前の少女を、その白い髪を見つめてしまう。

――だが、それが失敗だった。

「う……ひっく……」

ポロポロと、シュヴァルツの目から涙がこぼれる。フードを両手で引っ張って必死に髪を隠そうとしている。

そして耐えきれなくなったように、優真に背を向けると一目散に逃げ出したのだ。

「ちょっ、待っ……」

止めようとしたが、止める必要もなかった。

シュヴァルツはもう体力が限界に来ていたらしい。何メートルか走っただけでふらふらし始め、そのままべちゃっと崩れ落ちるように地面にへたり込んだ。

「だ、大丈夫か？」

シュヴァルツは地面に手をついたままゼーゼーと肩で息をしていた。とにかく助け起こしてやって、道の端っこに座らせる。

「いいか動くなよ？」

近くの自販機でお茶を買って戻る。

お茶を渡すとシュヴァルツはそれを貪《むさぼ》るように飲んだ。

……勢いよく飲みすぎてむせてしまったので、隣に座って背中をさすってやる。

異性の身体に自分から触るというのは少し緊張したが、今はそんなことを言っている場合じゃない。そのまま落ち着いてきたタイミングを見計らって声をかけた。

「落ち着いたか？」

そう聞くとシュヴァルツは小さく頷いた。

フードを両手で引き下げ髪をなるべく見られないようにしている。肩がガチガチで、背中を丸めて小さくなっていて、緊張しているのがこちらにまで伝わってくる。

「えっと……俺がユーマ。で、えーと……君……いやお前がシュヴァルツでいいんだよな？」

女性ということで君と呼びそうになったが、それは何か違う気がして普段通りお前と呼んだ。

するとシュヴァルツは小さく頷く。

「ん………ルツ……です」

ボソボソと呟《つぶや》く目の前の少女は全然シュヴァルツという感じがしない。ネットでチャットしていた時とはまるで別人だ。

優真のイメージしていたのは人懐《ひとなつ》こい明るい少年、という感じのもので、目の前のおどおどした少女とは印象がかけ離れている。

……だが、ちょっとイメージが違ったくらいで優真にとってシュヴァルツが親友なのは変わらない。

「……すまん！」

手を合わせて謝る。

なぜ謝られたのかわかっていないようで、シュヴァルツは優真を見て戸惑ったような顔をした。

「いや、お前が自分の見た目気にしてるの聞いてたのにあんなジロジロ見つめたりしたの、謝っとかないとなって」

「あ……、ん……」

シュヴァルツはまた小さく頷いた。

けれどその後はどうすればいいかわからないのかまたオロオロ、目を伏せて視線を右往左往させている。

「あ、あの……あの、ね？　わ、わた………」

そこからは口をパクパクさせるだけで言葉が続かなくなってしまった。

――その姿に昔の自分を思い出した。

緊張しすぎて、話したいことはたくさんあるのに言葉が出なくて……ちゃんと話せない自分がどんどん嫌になって、話すこと自体が嫌いになる。その辛《つら》さを優真は知っている。

優真は安心させるように笑顔を作るとスマホを取り出して、二人がいつも遊んでいるオンラインゲーム――グランドゲートを起動した。

グランドゲートはパソコンとスマホ、どちらでもできるタイプのゲームだ。

普段は操作性が高いパソコンでやっていることが多いが、疲れた時などはスマホに持ち替えてベッドに寝転んでやっている。

そして以前に『スマホで仰向《あおむ》けになってやってたらウトウトして顔面にスマホ落下してき

た」とあるあるネタで盛り上がったことがあったので、優真はシュヴァルツもスマホにグランドゲートを入れていると知っていた。

「ほら、一緒にやろう」

突然隣でゲームをやり始めた優真にシュヴァルツはどうしていいかわからずオロオロしていたが、そう促されるとおずおずとスマホを操作し、グランドゲートを起動させる。

起動画面、タイトルコール、前回終了したところからゲームを再開。するとゲームの中の『ユーマ』から『シュヴァルツ』にチャットでメッセージが届いた。

『ルーミーの町の時計台で待ってる』

シュヴァルツは目をパチクリさせて、隣に座る優真をちらちら見つつ待ち合わせ場所に向かう。

待ち合わせ場所まで行くと、『ユーマ』は約束通り時計台の前で待っていた。

『ユーマ』は『シュヴァルツ』に気づくと笑顔で手を振る。そしてこんなメッセージを送ってきた。

『はじめまして。俺がユーマだ。あらためて、これからよろしくな』

「あ……」

その言葉でシュヴァルツは、優真が先程の待ち合わせをやり直していることに気づいたようだ。

さらにユーマからのメッセージは続く。

『喋るの苦手なら、最初はこっちでやろうか』

「え……？　あ、の……？」

『直接顔を合わせて話すのって緊張するもんな。だから慣れないうちはこっちの方がやりやすいんじゃないかなって』

そう言うとシュヴァルツは申し訳なさそうに目を伏せた。

『気をつかわせてごめんなさい』

『あのな、俺はお前がコミュ障なことなんて百も承知で来てるんだ。だから気にするな。もっと軽い気持ちでやろうぜ？』

そう言われてシュヴァルツは少し迷った後、小さく頷いていそいそとメッセージを入力し始めた。

少ししてペコン♪と優真のスマホからメッセージを受信したという音が鳴る。

『それじゃあ仕切り直して……はじめまして！　ボクがシュヴァルツです。あらためてよろしくねユーマ』

現実とゲームとのギャップに少々面食らったが、何でもない風な顔をして優真も返事をする。

『ああよろしく……っていうかお前女子なら女子って言えよびっくりしたわ！』

『まあまあ。昨日もボク、リアルとネットだとキャラが違うって言ってたでしょ？』

『だからって性別まで違うとか予想できるわけないだろ⁉』

『実を言うと昔、自分が女の子だって明かしたら出会い厨《ちゅう》から『リアルで会おう』『エッチなことに興味ある？』みたいなDMが止まらなくなったことがあって、それ以来怖くて男の子のふりしてたんだ』

『あー……なるほど。ホントにいるんだなそういうエロ目的なやつ。本当迷惑だよなそういうの』

『そういえばボク、ついさっきユーマにラッキースケベされたよね』

『その節はまことに申し訳ありませんでしたあああ！』

『別にいいよ気にしてないから』

『よかった……さっきはマジで終わったかと思った……』

『その代わり今度、素材収集マラソンに付き合ってね』

『あ、これ弱み握られたやつだ』

『そりゃあ当然、女の子の胸をタダで揉《も》めるなんて思わないでよね』

『ハイ……謹んでおうけします……』

　普段と変わらないノリでのチャット。だがシュヴァルツの方を見ると恥ずかしそうに顔を赤くして、スマホに隠れるようにして顔を隠してしまった。

（恥ずかしいなら言わなきゃいいのに……いや、違うか）

　シュヴァルツはきっと、普段通りに接してほしいのだ。だから恥ずかしくてもこういうノリでチャットしているのだろう。今も『こんな軽口叩いていいのかな？』と気にした様子でビクビクしながらこちらをうかがっている。

ただ実際のところ、緊張しているのは優真も同じだった。

まっ白な髪にももちろん驚いたが、何より驚いたのがシュヴァルツが女性だったこと。今まで同じ歳の男子だと思っていた親友が実は女の子で、しかも胸を触ってしまった。思春期真っ盛りの優真はどうしてもそのことを意識してしまう。

様子をうかがっていると目が合ってしまった。自分の髪を見られていると思ったのか、シュヴァルツはサッとフードを引き下げる。

「あ、いや、違うんだ。本当に女子なんだなって。今までずっとお前のこと男だと思ってたからまだ現実感なくて……」

「………」

シュヴァルツはまたメッセージを打ち込む。

『それに関してはごめんね？　ユーマのこと友達だと思ってるけど、ボクが女の子ってわかったら接し方が変わっちゃうかもって思ったら言い出せなくて……』

それはない……とは言えない。特に男子中学生丸出しな下ネタトークをしたことなどはめちゃくちゃ後悔している。

深夜のテンションで自分が童貞なこととか巨乳なお姉さんが好きとか『高校生になったら誰もいない教室でおっぱい大きくて優しい先輩にエロいことされたい』とか性癖暴露したのを思い出すと……。

――うん、やばい、同じ歳の女子相手にあんなこと話してたって思うとやばい。心の中の優真が『あ゛あ゛あ゛あ゛あ!!』と叫びながら転げ回っている。

『あ、エッチな話とかしてたのは別に気にしてないよ?　ボク、ネット歴は長いから男の子がそういうもんだってわかってるし』

そして気をつかわれた。軽く死にたくなってきた。

『あと、この髪のことも』

シュヴァルツはそう言うと自分の白い髪に触れた。

『……小学生の頃、これでいじめられてたんだ』

息が詰まるのを感じた。

小学生の中にこんなまっ白な髪の子がいればいじめられるのも……残念だが理解できる。

それでも自分の親友がいじめられていたと思うと、胸が苦しかった。

『こんな見た目、気持ち悪いから仕方ないけどね』

「そんなことない!」

気づいたらシュヴァルツの肩を摑《つか》んでいた。驚いたシュヴァルツが「ひゃっ!?」と小さな声を上げて目を丸くする。

「い、言っとくけどお前めちゃくちゃかわいいからな!?　最初見た時確かに俺もジッと見ちゃったけどそれはその白い髪がすごく似合ってるというか、その……天使みたいで……だから、その……もうちょっと自分に自信を持ってもいいと、思います……よ……？」

言っていて恥ずかしくなって、最後の方は蚊の鳴くような声になってしまった。

シュヴァルツも顔がまっ赤で、ワタワタしながらスマホを操作する。

『ユーマ顔まっ赤なんじゃがｗｗｗｗ』

『お前が言うなｗｗｗｗ』


——正直最初は面食らった。男だと思っていた友達が女の子で、しかもこんな白い髪。

けれどもやっぱりシュヴァルツはシュヴァルツだ。ゲームのチャットではあるけれど、こうして軽口を叩き合えることにホッと息を吐く。

だがシュヴァルツの方は、どことなく残念そうに目を伏せていた。

『どうかしたのか？』

そう聞くと少し迷った後、答えてくれた。

『ユーマとなら自分の口でもう少し普通に話せるんじゃないかって思ってたけど、結局チャットばっかりで、やっぱりダメかって』

——そうだ。シュヴァルツはコミュ障克服のために優真に会いに来たのだ。

だがそれは……優真も中学時代に頑張ってコミュ障を克服したが、それよりもはるかにハードルが高い。

人は見た目で判断しちゃいけないとは言うが、実際のところ見た目は重要だ。

何より大きいのは相手に与える印象……もあるが、一番は自分に自信が持てるかどうか。

『スーツを着ると気持ちが引き締まる』と言ったりするが、しっかりした格好をしたりおしゃれしたりするとそれだけで自分に自信が持てるものだ。

その点で言えばシュヴァルツの白い髪は相当なハンデだ。

相手にしてみればまずびっくりするだろうし、なんとなく腫《は》れ物《もの》扱いしてしまう人も多いだろう。

そして何より、シュヴァルツ自身が自分の白い髪に相当なコンプレックスを持っているようなのが辛い。

実際に奇異な目で見られるのは間違いないしこの性格だ。きっと外を出歩くだけでも相当な勇気が必要だっただろう。

――それでも。

それでもシュヴァルツは待ち合わせ場所まで来てくれた。自分となら話せるかもと頼ってくれた。

ぴしゃりと両手で自分の頬《ほお》を叩き、意識を切り替える。

男子だと思っていた親友が実は白い髪の女の子だった。

驚きはしたけれど、それだけだ。

シュヴァルツが親友であることに変わりはない。その親友が勇気を出して自分を頼ってくれたのだ。ならその気持ちに応《こた》えたい。

『心配すんな。任せろって』

安心させるようにポンと背中を叩く。シュヴァルツは目をぱちくりさせて優真を見た。

『お前のコミュ障克服、俺も手伝うから。だから頑張ろうぜ？』

『ありがたいけど……いいの？　たぶん迷惑かけるよ？』

『気にすんな。親友だろ？』

「っ！」

シュヴァルツの目にじわりと涙が浮かんでくる。

「い、いやこれくらいのことで泣くなよ⁉」

「ん……」

少し余り気味なパーカーの袖《そで》で涙を拭《ぬぐ》ってまたスマホを操作する。

『ありがとう！　ユーマが友達でよかった』

『んじゃとりあえず、この後二人で行きたいところがあるんだけどいいか？』

『うん。この辺のことはあまりわかんないからお任せするね』

『よし、それじゃさっそく行くか』

そうして立ち上がると、くいっとシュヴァルツが優真の袖をつまんだ。

「ん？　どうした」

「あ、えと、あの……。これ、だけは、何度もれ……練習、した、から……」

チャットではなく自分の口で、シュヴァルツは必死に声を絞り出す。緊張した様子で立ち上がって、優真の方に向き直った。

こうして向き合うとけっこう身長差があって、優真を見上げる形になる。

「わ、わた……か、かみ……かみ、えっと……」

「ゆっくりでいいから」

そう言うとこっくり頷いてスー、ハーと深呼吸する。そして――。

「わ、わたしの本名……。か、上城《かみしろ》ゆい……っていいます、ですっ！　あ、あらためてお……、お友達になって、ください！」

まるで一世一代の告白だ。ギュッと目をつぶって、ぷるぷる震える手をこちらに差し出している。

優真は少し笑ってその手を取った。

「喜んで。杉崎《すぎさき》優真です。あらためてこれからよろしく」

これがシュヴァルツ――あらため、上城ゆいと杉崎優真の馴れ初《なそ》めだった。

◆二話◆　優真とゆい

「呼び方だけど上城《かみしろ》でいいか？　外でシュヴァルツって呼ぶのは流石《さすが》にちょっと恥ずかしいし」

「あ……え、と……名字……昔、髪が白いからカミシロ……って、言われて、だから……あの……名前の、方が……」

「じゃあゆいって呼ぶな？」

「……ん。あの、わたしは、ユーマのままで……いいの、かな？」

「ああ、好きに呼んでくれていいぞ」

異性と名前で呼び合うというのは正直照れくさかったが、相棒とかシュヴァルツよりはマシだろう。

そんなわけでシュヴァルツあらため、ゆいと一緒に目的地を目指して歩いていく。

大通りは人通りが多いので、なるべく人通りの少ない道を選んで歩く。……が、それでもゆいはガチガチに緊張していた。

優真《ゆうま》の背中に貼《は》り付くようにぴったり後ろをついてくる。手はギュッと自分のフードを引き下げて離さない。

白い髪のコンプレックスは相当なもののようで、おどおどと怯《おび》えた顔をしながらフードの下から周りの様子をうかがっている。

そして誰《だれ》かとすれ違う時はサッと顔を伏せて、その人が通りすぎるとホッと息を吐く。そんなことを先程から何度も繰り返している。

「もうちょっとだから頑張ろうな？」

「ん……」

気持ちを紛《まぎ》らわせようと明るい声で話しかけると、ゆいは小さな声で返事をした。

「……そういえば何でシュヴァルツ（黒）なんだ？　お前がゲームで使ってるキャラって聖騎士で別に黒くないし。付けるならヴァイス（白）とかの方がよくない？」

「…………」

「あ……ごめん、聞かない方がよかったか？　こう、コンプレックスの裏返しとかそういう……」

「う、ううん……。ひ、響き、かっこよかったから……あんまり意味とか、考えなくて……」

「中二かよ!?」

「……中二だったもん……」

ぎこちないながらもそうやって会話を重ねていく。

曲がりなりにも、かわいい女の子と一緒に遊びに行くという思春期男子憧《あこが》れのシチュエーション。優真は自分でももう少し緊張するかと思っていたが、意外とそうでもなかった。

最初こそ長年の相棒が実は女の子だったと知ってびっくりしたし、正直に言うとラブコメ的な展開も少しは期待したりした。

だが、ゆいの世話をやくと決めてからはゆいが異性だということをあまり意識しなくなっていた。どちらかというと妹の面倒でも見ている気分だ。

名前で呼び合っているので端から見ればまるで恋人同士に見えなくもない……というのだけは少し気恥ずかしかったが、ゆいがそれどころではなさそうなので心の中にしまっておく。

「……っと。着いたぞ」

「…………？」

ゆいはおそるおそる優真の背中から顔を出して前を見る。そこにあったのは――。

「……ネット……カフェ……？」

『こんなところで何するの？』と言いたげにゆいは優真を見上げる。

「まずは緊張をほぐすところからかなって。で、緊張ほぐすならやっぱりいつも通りゲームするのが一番だろうって思ってな。ここなら個室もあって他の人の目もないから少しは落ち着けるだろ」

「ん……」

納得してくれたようでゆいはこっくり頷《うなず》く。ただ、知らない場所に入るのは不安なのか、優真の後ろに完全に隠れてしまった。

受付でパソコンが二台あるツインルームにチェックインを済ませて部屋へ向かった。

部屋に入ると人目がなくなって安心したのか、ゆいはホッと息をつく。

「ネットカフェ……こんな感じなんだ……」

安心すると今度は好奇心が出てきたのか、ゆいはキョロキョロと部屋を見回し始めた。

――ネットカフェの部屋は完全に仕事用の椅子とパソコンだけという部屋だったり、多人数で遊べるリビング形式の部屋だったりとお店によっていろいろなタイプがある。

今回優真が選んだのはフラットルーム。靴を脱いでマットに上がる形式の部屋で、足を伸ばせるのでのんびりとくつろぎやすいのが特徴だ。

広さは狭《せま》めの応接間くらい。

横に広いデスクに鎮座するのは二台の高性能ゲーミングPC。その前には二人が並んで座れる座椅子。さらになんと疲れ目対策にホットアイマスクまで置かれている。ゲーマーにとって理想的な環境だ。

「こういうとこ来るのは初めてか？」

ゆいはコクコク頷くとスマホを操作してチャットアプリを起動。メッセージを打ち込む。

――ちなみに先程、『慣れるまではこれを使おう』とチャットアプリのIDを交換しておいた。家族以外で初めての異性とのID交換でちょっとドキドキしてしまった。

『ユーマはこういうとこ、よく来るの？』

『流石にお金の問題でしょっちゅうは来れないけど、グランドゲートのイベント中なんかはたまに来るな』

『どうしてイベント中はよく来るの？』

『グランドゲートってネットカフェからアクセスすると経験値とかレアドロップ率アップするの知ってるか？　それ目当て』

「っ！」

ゆいは大きく目を見開いた。

さっきまでおどおどしていたくせに急に目をキラキラさせだした。『早くゲームしよ』と急《せ》かすように優真の服をクイクイ引っ張ってくる。

こういうところはやっぱりこいつもゲーマーなんだなと思えてなんだか嬉《うれ》しかった。

ただ……今さらながらに思った。

――自分は今、とんでもないことをしてるのでは？

前から交流はあったとはいえ、ネットで知り合った初対面の女子をいきなりこんな密室に連れ込むとか、世間一般だとかなりまずいのではないだろうか。

狭い密室で異性と二人きり。そう思うと流石に少し緊張してきた。

なのにゆいは『どうかしたの？』という感じでこちらを見ている。

「いや、お前な？　連れてきた俺《おれ》が言うのもなんだけど、もうちょっと警戒した方がいいというか……」

ゆいは『何を？』と言いたげに軽く首を傾《かし》げる。

「いや、ほら、俺と部屋で二人きりになるわけなんだしこう……いろいろあるだろ？」

ゆいは『何が？』と言いたげにますます首を傾げている。

「……だから！　そのー……なんだ、俺達ネットで知り合って今日初めて会って、俺は男子でお前は女子なんだから……えーと」

「…………っ⁉」

ようやく言わんとしていることに気づいたようで、ゆいは顔を赤くして優真から一歩距離を取った。

「いや別に俺が何かするってわけじゃないから！　俺が勝手に意識してるだけだから！　ただお前ももうちょっと自分が女子だって自覚持とう⁉　な⁉」

「う、うん……」

ゆいはおずおず頷くとまたスマホを操作する。

『だいじょうぶ。男の子ってそういうものだって、ネットで見て知ってるから』

そう言いつつゆいはますます顔を赤くしてしまった。いったいゆいはネットでどんな知識を得てしまったのだろうか。

何はともあれ二人でパソコンの前に座り、オンラインゲーム『グランドゲート』を起動。ゲーム開始。

いつものようにボス狩りに行ったり荷物を運んでお金を稼いだり、二人でゲームの世界を冒険することにした。

最新のゲーミングPCなので最高画質でもサクサク動く。派手な技や魔法をぶちかますのは見ているだけでも楽しいしプレイがはかどる。

そうして二時間も経《た》った頃にはすっかり緊張もほぐれて、二人でわいわいお喋《しゃべ》りしながら楽しくプレイ……とは残念ながらならなかった。

『ユーマ、次はどこに行こっか？』

「…………」

『高速素材マラソン？　それとも交易でお金稼ぐ？　それとも英雄の塔でボス狩りする？　ボクは何でもいいよー』

「……………………」

『おーいユーマ～？　聞いてる？　何か喋ってよ～』

「いや、ゆい？　そろそろ慣れてこない？　まだ人見知りされてんの俺？」

ゆいはゲームを始めてからの会話を全部チャットでやっているのだ。自分の口では一言も喋っていない。

『だってチャットの方が自分の口で話すより楽だし』

「マジか……」

緊張が解けてきたようなのはいいが、自分の口でまったく喋らなくなるのは誤算だった。

ゲームの話題なら喋りやすいだろうからコミュ障克服の練習になると思っていたのに当てが外れた。

「というかお前の入力速度めっちゃ速いな」

優真がキーボードを叩《たた》く時の音が『カチャ、カチャカチャ』だとするとゆいは『チャチャチャチャチャ』という感じだ。

もう指先がよく見えない。普通に話すより明らかに速い。チャットの方が楽というのもこれを見せられたら納得せざるを得ない。

『ふふん。小さい頃から家にこもりっきりだったから年季が違うんだよ』

「今は普通に喋ってほしいんだけどなぁ……」

ゆいはチャットだと明るいしよく喋る。この明るさをリアルでも発揮できればなんだかんだ人気者になれそうなものなのだが……。

「ゆい、練習。さっき打ったやつを音読してみようか」

「え。あ……え、と………」

そういう風に言うと、ゆいは目を伏せて黙ってしまう。

喋れ喋れとプレッシャーをかけると逆効果になりそうなのであまり言わないが、先は長そうだと優真は内心ため息をついた。

その後もずっと、ゆいは喋らずチャットばかりしていた。

まあ最初なんだし、今日は一緒にゲームできただけでよしとするか……と考えていた、その時だ。


——もしもこのゲームの世界に神さまがいるのなら、二人は間違いなく愛されている。


『あ、ユーマ。レアエネミー来るみたいだよ?』

「おう。ってあれ?　この演出ルシフェルだよな?　微妙に違わないか?」

『言われてみれば確かに……ちょっと待って、これってもしかして……』

地面に突如現れた金色の魔法陣。普通ならそこからレアエネミーが登場するのだが、今回はその魔法陣がうねうねと形を変え、毒々しい紫色に変わった。

長年このゲームをやっている二人も見たことのない演出。そしてその魔法陣から光が溢《あふ》れ出す。

【楽園を去りし者】ルシフェル・オルタナティブ。

専用の演出と共に、黒い六枚羽の堕天使が姿を現した。

「ル……ル……」

『二つ名ルシフェル・オルタ来たーーーー⁉⁉』

「マジか⁉　マジでか⁉　このタイミングで来るか⁉」

一日に一回だけ挑戦できるEXダンジョンにまれに出現するレアモンスター、ルシフェル……のさらに上位種のオルタナティブ……の、さらに特別な二つ名付き個体。

攻略サイトの情報によれば出現確率は数千分の一。会えても異様に強くて倒すのは至難の業。そしてこいつの落とす羽根はぶっ壊れと名高い神話装備の素材になる。ゲーム内バザーで売られているのをたまに見かけるが目玉が飛び出るような価格だった。

（狩るぞ！）

（うん！）

言葉は不要だった。この瞬間だけはゆいのコミュ障克服とかも頭から吹き飛んだ。

†

「うあああヤバいヤバいヤバいヤバい‼　死ぬ！　というかガチガチに防御固めてたのに一

撃で体力九割消し飛ぶとか何だよそれ⁉」

　モニターの中ではルシフェル・オルタのメテオがフィールドに降《ふ》り注《そそ》いでいて、優真の操《あやつ》る『ユーマ』が必死に走り回っている。

「ゆい回復！　回復頼む！　これ無理だもう避けれる気がしない！」

「あ……む、むり……」

「今クールタイムか⁉　あと何秒⁉」

「え、と……あと、七秒……が、がんばって……！」

　流石のゆいもアナザー・エデン（広範囲耐性貫通即死ビーム）から逃げ回りながらチャットする余裕はないらしい。声を振り絞ってなんとか連携を取る。

「ちくしょー！　負けてたまるかやってやる！　うおおおお！」

「え……今、攻撃全部すり抜け……連続フレーム回避⁉　すごいユーマ今のすごい！」

「ヤバい俺今ゾーン入ってる！　けどもう一回できる気がしないから回復はよ！」

「う、うん！　ヘイト、取るね。火力、おねがい」

「おっしゃ任せとけー！　多重詠唱インフェルノぶち込んでやるぜ！」

「あれ……？　属性耐性変更って……待ってユーマ詠唱止めて火属性吸収されるから⁉」

「ああああああ⁉　ごめんマジでごめんＨＰもりって回復された！」

「だ、大丈夫。今、氷弱点になってるからホーリーバインドで特殊行動にロックかけて……」

「よっし今度こそ任せろ！　汚名挽回してやるぜ！」

「汚名は挽回しないで⁉」


そんな感じでギャーギャー騒ぎながら、三十分程かけてどうにか討伐《とうばつ》した。

手を上げてハイタッチを求めると、ゆいは優真の手と自分の手を何度か交互に見た後ぺち、と控えめにではあるが応《こた》えてくれた。

「よーし、お疲れ！」

「というか、普通に喋れるじゃん」

「あ……ん、さっきのは、無我夢中で……」

ゆいは恥ずかしそうにもじもじしている。そんな仕草が何となく小動物っぽくて、無性に頭を撫《な》でたくなってくる。流石に思うだけで実際にはやらないが。

「よしよしいい傾向だな。せっかくかわいい声してるんだしもっと喋っていこうぜ」

「……っ」

「あ……すまん」

——言ってからしまったと思った。

ゆいの声はかわいらしい、いわゆるアニメ声だ。だが、かわいいというのも場合によってはコンプレックスになりうる。優真も似た経験があるのでその気持ちはよくわかった。

「俺もこんな感じだから、気持ちはわかる（低音ボイス）」

「っ⁉」

優真が低い声を出すとゆいは大きく目を見開いて優真を見た。

「俺も地声が低くてよく周りからいじられてたんだよ。それで無意識に少し高めの声で話すようになって……ん？　どうした？」

ゆいの薄紅色の瞳《ひとみ》がキラキラしていた。

いそいそとスマホに文字を入力してこちらに向ける。

『ボク、男の人の低い声好きなんだ。今のユーマの声、すごく好きな感じだった』

さらに入力。

『さっきの声、もう一回やって？　アンコール♪　アンコール♪』

「お前声フェチかよ⁉」

ゆいは照れたように頰《ほお》を赤くしながらもコクコク頷いている。優真の二の腕をツンツンしながら『ねえねえ、もう一回もう一回』とせがんでくる。

（そうだ。おどおどした姿ですっかり忘れてたけどこいつ、こういう話も全然いけるやつだった）

……正直、女子にこういう反応をされるのは悪い気がしない。

せっかくだ。ここは期待に応えてあげよう。

コホンと咳払《せきばら》い。少女漫画みたいにゆいの顎《あご》に手を当てクイッとやる。きょとんとしたゆ

いに対して渾身《こんしん》のキメ顔とイケボで、

「代わりに俺にも聞かせてくれよ。ゆいの、かわいい声をさ……（低音ボイス）」

「ブフッ⁉」

吹き出された。どうもツボに入ったらしい。ゆいは笑いを堪《こら》えてぷるぷる震えている。……やってから恥ずかしくなってきて微妙に後悔した。


結局その後もゆいはチャットばかりでほとんど喋らなかった。けれどもネットカフェを出る頃にはお互いの距離が少し縮まっている気がした。

外に出るともう日も沈みかけ。ゆいは名残惜《なごりお》しそうにネットカフェを振り返る。

「楽しかったか？」

そう聞くとゆいは迷わずコクコクと頷いてくれた。それがなんだか嬉しくて、つい口元が緩《ゆる》んでしまう。

「家まで送っていくよ」

優真がそう言うとゆいは少し迷ったような顔をした。

「遠慮はするなよ？　お前まだ一人で街中歩くのはきついだろ。あー……俺に家の場所知られるのが嫌っていうなら適当なところで別れてくれていいから」

そう言うとゆいはふるふる首を振って『ううん、よろしくね』とチャットしてきた。

そうしてゆいの家まで送っていった……のだが。


「めっちゃ近所じゃん⁉」

住宅街。ゆいの家だという一軒家の前で思わず叫んでしまった。

『そうなの？』

「ああ、えーっと、ほら。向こうの方にマンションの貯水タンク見えるだろ？　俺、あのマンションに住んでる」

『ホントに近いね⁉』

「すごいな本当。ゲームではあんなだったしリアルでもこれとか、マジで運命的なものでもあるんじゃないか」

『あれ？　運命的とか、もしかしてボクって今口説《くど》かれてる？』

「……っ」

それは昨日、ネットでしたのと同じような会話だ。

けれどあの時はゆいのことを男だと思っていたわけで、今はゆいが女子だと知っているわけで……つい気恥ずかしくなって言葉に詰まってしまった。

「あ……」

優真の反応を見て、自分で言っておいて恥ずかしくなったのかゆいも顔をそらしてしまった。

「そ、それじゃ俺、帰るから」

なんとなく気まずくてさっさと帰ろうとした……その時だ。

「ま、待って」

ゆいが優真を呼び止めた。

「どうした？」

「あ、あの……ね？　あの……」

ゆいはスー、ハーと深呼吸する。

「今日、た……楽しかった。わ、わたし、こんな風に友達と遊ぶの、初めてで……」

「ああ、俺も楽しかった」

「ほ、ほんと？　そ、それで……ね？　あ、あの、ユーマがよければ……明日も……」

「うんいいぞ。春休み中は予定入れてないし。明日も遊ぶか」

優真がそう言うとゆいは嬉しそうに表情を崩した。

「あ、ありがとう。えへへ……嬉しい……」

目を細めて柔らかく笑った顔は本当に嬉しそうでかわいらしい。

会ったばかりの頃はガチガチに緊張していたゆいをこうやって笑顔にできたと思うと、なんだか誇らしい気持ちになってくる。

「そ……それじゃ、また、明日ね？」

「おう！　また明日」

ゆいは小さく手を振って見送ってくれた。

——正直に言うと、今日は楽しかったけれどかなり気疲れもした。なのに最後にあの笑顔を見られただけでその疲れも全部吹き飛んでしまった。

(俺ってわりとチョロいんだろうか？)

口元が緩んでしまうのを感じながら、優真は帰路についた。

†

「ただいまー」

「あ、ゆーくんおかえりー」

家に帰ると、リビングの方から女性の声とミシンの音が聞こえた。

手洗いうがいを済ませてリビングに行くと、いつものように義姉のネネがテーブルでミシンを使っていた。

「ちょっと待ってねー。もうすぐ終わるからー」

「ああ、別に急がなくていいぞ。晩飯は俺が作っとくから」

「ホント？　それじゃお言葉に甘えるねー」

端から見ると髪を明るく染めた美人でモデル体型の大人のお姉さん。

そんなお姉さんがまるで子供みたいにほっぺたをリンゴ色にして、けれど素人目《しろうとめ》にもわかる巧みさで一着のドレスを——最近推しているアニメのキャラのコスプレ衣装を縫い上げていく。

「作るの餃子でいいか？」

「うん。何でもいいよー」

作るとは言っても冷凍のものなので大して手間はかからない。フライパンを熱して、そこに凍った餃子を並べていく。

「今日は例の……シュヴァルツくんだっけ？　その子と会ってきたのよね？　どんな子だった？」

「あー……まあ、ちょっとコミュ障気味だったけど面白《おもしろ》いやつだったよ」

「会ってみたら実は女の子でしたーとか、そういう展開はなし？」

「そ、そんな漫画みたいなことあるわけないだろ？」

「そっかー、残念。ちょっとだけ期待してたんだけどなー」

……ゆいのことは黙っておく。正直話すのは気恥ずかしい。あと話したら絶対にいじられるし。

「なんにせよ、その子と知り合ったのがゆーくんが変わるきっかけになったのよね？　じゃあ私もその子には感謝しないとねー。私がゆーくんと初めて会った時なんてほとんど口利いてくれないからもうどうしようかと思ったもの」

――優真とネネは血が繋《つな》がっていない義姉弟だ。二人の両親が再婚同士で、優真が母の連れ子。ネネが父の連れ子。

だが再婚までにいろいろあったこともあって、当時の優真は周りに壁を作ってほとんど人と喋らない性格だった。今思い返してもかなり家庭内がギクシャクしていたと思う。

しかし優真がシュヴァルツと出会ってから状況が変わった。

ぼっち脱却にあたりまずは身内から仲良くしようと思い、ネネと積極的に話すようにしたところネネもアニメや漫画が好きで、思いのほか会話が弾んだ。

最初こそ歳《とし》が離れているので話が合うのかと不安だったが、今では気に入った漫画を貸し借りする程に打ち解けた。姉弟というより友達のような感覚だが、良好な関係を築けている。

「そうだな。全部あいつがきっかけなんだよな」

自分の人生がいい方向に転がり出したのはゆいと出会えたおかげだ。

だからなおさらほっとけない。恩返し……とはちょっと違うけれど、自分だけが幸せになってゆいだけ変わらないというのは、なんだかすごくモヤモヤする。

乗りかかった船というのもあるし、徹底的に構いたおしてやる。そう決意を新たにした。

三話 ◆ ゆいと一歩一歩

次の日はゆいを家まで迎えに行った。

心の中で『なんか気まずいから親とか出てきませんように』と祈りつつインターフォンを押す。すると玄関で待っていたのか、すぐに扉が開いて隙間《すきま》からゆいが顔を覗《のぞ》かせた。

「よう。おはよう」

「お、おはよー……」

ゆいの格好は昨日と同じようなフード付きのパーカー。髪を隠すためか、相変わらずフードを目深《まぶか》に被《かぶ》っている。

おっかなびっくり家から出てくると、とことこ早足でこちらまで来て『今日はどうするの？』と言うように見上げてくる。

一緒に遊ぶのを楽しみにしているのと、外を出歩くことに緊張しているのがない交ぜになったような表情。そんなゆいの様子に優真《ゆうま》は目を細めた。

「昨日みたいにネットカフェで遊ぶ感じでいいか？」

「ん」

短い返事ではあったけれど、ゆいの表情が柔らかく綻《ほころ》んだ。あちこち連れ回すよりは二人でネットカフェの方が喜ぶだろうと思ったが正解だったようだ。

そうして二人で歩き出す。

昨日も二人で歩いたが、ゆいはやはり周りの視線が気になるようで優真の影に隠れるように小さくなっていた。

（まあ、仕方ないか）

ゆいはギュッとフードを掴《つか》んで、自分の白い髪を隠している。

優真は元々ゆいと友達だし、いわゆるサブカルに慣れ親しんでいるのもあってそこまで気にならなかった。だが中にはゆいの白い髪をジロジロ見てくる人もいるだろうし、小学生の時はそれでいじめられたのだという。

……歩いていて誰《だれ》かとすれ違うたび、怯《おび》えたように顔を伏せる姿に胸がチクチクする。

「……そういえば、昨日ルシフェル・オルタ倒して手に入れた素材ってどうした？　俺《おれ》、なんかもったいなくてまだ使えてないんだけど」

「あ……えと……。わたしもまだだけど、鎧《よろい》に使おうかなって。わたし、タンクになること多いし、防御重視で……」

「なるほど。なら俺も役割優先で杖《つえ》にするかな」

「ん……。いいと、思う。たしか神話杖、火力かなり上がるし。ユーマ元々、回避するの上手だし……」

気を紛《まぎ》らわせようとゲームの話題を振ると少し饒舌《じょうぜつ》になった。そんな姿がなんだか微笑ましい。

そうやってゲームに関することを話している間にネットカフェに着いた。

昨日と同じように優真が受付を済ませ、部屋に向かう。

部屋に入るとゆいは心底安心したようにホッと息を吐いた。座椅子に腰を下ろし、そのままくてっと脱力する。

「なんか二回目にしてもう我が家に帰ってきたみたいになってるな」

「ん……」

優真が声をかけるとゆいはスマホを取り出した。小さな手をすいすい動かしてフリック入力。

優真のスマホにメッセージが届く。

『やっぱり外出るの苦手～、疲れた～』

そんなメッセージと一緒に疲れ果ててへばっているアニメのキャラのスタンプが送られてくる。そのスタンプとゆいのポーズがちょうど一致していて、つい笑ってしまった。

『話すのはやっぱりチャットの方がやりやすいか？』

『うん。それにボクって口下手だし、この方がいつものノリで話せるから楽しいんだけど、ダメ？』

『いや、お前がそうしたいなら別にそのままでいいぞ』

優真がそう言うと今度は『ありがと〜』という吹き出しのついたアニメキャラのスタンプが届いた。

本当はコミュ障克服のためにも自分の口で喋《しゃべ》ってほしいところだが、外に出るのだけでも頑張っているのだしこれ以上無理強いすることもないだろう。

それに昨日はゲームをやっていて切羽詰まれば自分の口で喋れることもわかったことだし、ゆっくり進めていけばいい。

『もう俺にはだいぶ慣れてくれたみたいだな。最初は人見知りしまくってたのに』

『そりゃあボク、ユーマのこと好きだしね』

「……っ」

——まったくそういう意味ではないとわかっているのだが、女子に『好き』と言われてほんの少し動揺してしまった。我ながら思春期丸出しだなと苦笑いする。

『それじゃゲームするか』

『うん。しよー』

そうして二人でそれぞれのパソコンの前に座り、ゲームを起動する。

やっているのは基本的に今までと同じ、二人で一緒にオンラインゲームをしているだけ。

けれどこうして同じ空間で遊ぶのは温かいというか何というか、うまく言語化できないが今までよりもずっと楽しい。

チラリとゆいを見てみると、ゆいもほんのりと笑顔を浮かべていた。それがなんだかすごく嬉《うれ》しい。

さて、リアルでは大人しくて人見知りなゆいだが、ゲーマーとしてはガチである。精神をすり減らすようなハードなクエストにも当然のように挑戦し、優真と一緒にどんどんゲームを攻略していく。

楽しい時間はあっという間というのもあって、気づけば数時間ぶっ通しでプレイしていた。

「流石《さすが》に少し休憩するか？」

そう聞くとゆいはコクコク頷《うなず》いた。

つい熱中してしまって目の奥が重い。ゆいも同じのようで、目をギュッと閉じたり開いたりしている。

「ほら、ホットアイマスク。目が疲れた時は温めるといいから」

「ん……ありがと」

ゆいはホットアイマスクを受け取る。だがすぐには着けず、じっと何かを考え込むように下を向いてしまった。

「どうかしたか？」

「……わたしばっかりこんな優しくされて、いいのかなって……」

「え？」

「……ユーマ、今日もこうやって遊んでくれて……それに、すごく気をつかってくれてるから……わたしも、何かお返しした方が……」

「そんなこと友達なんだから気にするなよ」

「け、けど……」

不安そうな表情。きっと優真に気をつかわせて迷惑をかけているんじゃないかとか、そんなことを考えてしまっているのだろう。

ゆいはどうも自己評価が低いというか、自分に自信がなさすぎると思う。

優真は少し考え、照れ隠しのようにガシガシと頭を掻《か》くと口を開いた。

「じゃあ、俺から一つお願いしていいか？」

「う、うん……」

「よければ明日もまた一緒に遊ばないか？　ああ、用事あるなら明後日とか他の日でもいいけど」

「……え？　あ、えと、春休みの間、予定ないけど……いいの？」

まだ不安そうなゆいに、優真はため息をついて小さく笑った。

「あのな。俺だってお前と一緒に遊ぶの楽しいし、お前が喜んでくれたら嬉しいから優しくしてるんだ。お前だってゲームでよくアイテムとか情報くれるだろ？　それと同じようなもんだ」

「でも……」

「それに！　まあ、その……俺も、お前のこと好きだし……」

気恥ずかしくて最後の方は小声になってしまった。一方のゆいは目をパチクリさせている。

「と、友達として！　友達としてな⁉」

「う、うん」

そう返事をしつつも、ゆいはまだ目をパチクリさせている。

その表情がゆっくりと緩《ゆる》んでいく。両手をほっぺたに当てて、顔を赤くして、嬉しそうに笑った。

「えへ、えへへへへ……♪　嬉しい……すっごく嬉しい……」

本当に嬉しそうにそう言われて、なんだかますます気恥ずかしくなってしまった。

「と、とにかくそういうわけだから！　あ～、え～と、とりあえず休憩！　で、休憩終わったらまたもうちょっとゲーム！　それでいいな⁉」

「……うん♪」


それからさらに数時間一緒に遊んで、帰る時間になった。

ネットカフェを出るともう日が落ちかけていた。……道行く人がけっこう多い。隣でゆいが強張《こわば》るのを感じた。

「大丈夫か？　今日も送っていくから」

「ん……」

ゆいは不安そうに視線をうろうろさせる。そしておもむろに手を伸ばして、ちょんと優真の服の袖《そで》をつまんだ。

「え？　……ゆい？」

「えと……はぐれたら、いやだから……。それに、こうしてると少しだけ安心して……ダメ？」

「い、いや。別にいいけど……」

ゆいが自分の服をつまんでいる。ただそれだけのことなのに顔が熱くなるのを感じた。

「じゃ、じゃあ行くぞ？」

「ん……」

優真が歩き出すと、ゆいも優真の袖をつまんだままついてくる。

また少しゆいとの距離が縮まった気がする。それは嬉しいのだけどなんだかすごく気恥ずかしい。

†

そのままほんの少しドキドキしてしまいながら、ゆいを家まで送っていった。

次の日も、その次の日もそのまた次の日も、優真はゆいとネットカフェで遊んだ。

正直連日のネカフェ通いでお小遣《こづか》いがガンガン減っているがこれもゆいのため。残しててよかったお年玉。

高校に入ったらバイトする予定なので、貯めていたお年玉をここで使い切るのも辞さない覚悟だ。

その甲斐《かい》あってかゆいは相変わらずチャット中心ではあるけれど、優真と二人でいる時は笑顔でいる時間がどんどん多くなっていった。

ゆいと遊ぶようになってから一週間。今日も二人はネットカフェで遊んでいる。

今はオート戦闘で雑魚《ざこ》狩りしつつ、だらだらと漫画を読んでいる。こういうマルチタスクはネットゲーマーのたしなみだ。

流石に友達と遊ぶ時にそれはどうなん？と思わないでもなかったが、本棚に二人の最近の一推し漫画『魔王転生。悪役令嬢の執事になりました（略してまおしつ）』のまだ読んでいない最新巻を見つけてしまったので仕方ない。

先に読んでいるゆいは椅子に身体を沈めている。漫画の展開に興奮しているのか足をぱたぱた。そんな仕草がかわいらしい。

――と、どうやら読み終わったようだ。

「はふぅ……」と満足そうに息を吐いて本を閉じる。そしてスマホを取り出していそいそと操作し始めた。

それに合わせて優真もスマホを構える。

ゆいとの会話はチャットでやることが多いので、ゆいがスマホを操作し始めたら優真もスマホを構えるのが癖《くせ》になってしまった。

『読み終わったよー。今回も面白《おもしろ》かった』

『んー、じゃあ俺にも貸してくれ』

『うん。フィーちゃんが天使の力に覚醒《かくせい》して無双するとこ、かっこいいしかわいいしで最高だったよ』

『おっま⁉　ネタバレやめろおっ⁉』

『えー、いいじゃんフィーちゃんが天使の末裔《まつえい》ってのは散々言われてたんだから今さらでしょ』

『読んで『なるほどやっぱりか！』ってなるのと友達にネタバレされるのは全然違うんだよ⁉』

『ごめんごめん』

ゆいは『ごめん』と謝りつつもニコニコしている。無警戒な笑顔。そんな顔をされるとたいていのことは許してしまいそうになる。

『にしてもお前、やっぱりフィーのこと好きだな』

『うんフィーちゃんかわいいよね！　はぁ……家にお持ち帰りしていっぱいお世話したい……』

ちなみにフィーはまおしつに出てくる銀髪ロリである。今まで話してきた傾向からして、ゆいはいわゆるロリキャラが好きなようだ。

『……男がロリコンだと白い目で見られるのに女がロリコンだとなんとなく尊い感じになるのずるくね？』

『そりゃあ男の人はキャラを性欲で見てるからでしょ？　ボクはフィーちゃんのこと母性的な目で見てるもん』

『十五歳も世間一般で見ると十分ロリ枠だけどな。特にお前って小柄な方だし』

『それは遠回しにボクが貧乳だって言ってるのかな？』

『言ってねえよ深読みするなよ⁉』

『うう……ユーマもボクがちっぱいだってバカにするんだね……』

『あー……マジで気にしてるんだったらこれからはなるべく気をつけるぞ？　男にはわからないけど女子ってそういうの気にするらしいし……』

『いや別に？　ノリで言ってるだけだから気にしないで』

『ノリかよ⁉』

ゆいは楽しそうにくすくす笑っている。

最初の頃はずいぶん緊張していたけれど、もうすっかり慣れてくれたようだ。

そう考えた優真は、ほんの少し踏み込んでみることにした。

『けどお前って、フィーのコスプレとかしたら似合いそうだよな』

『へ？　コスプレ？　ユーマそういうのやるの？』

『いや、俺はあんまりやらないけどまあ……知り合いにそういうのめっちゃ詳しい人がいてさ。どうだ？　一度度胸をつけるためにも……』

『ムリムリ絶対ムリ！　流石にユーマのお誘いでもコスプレはしないからね⁉』

『まあコスプレは半分冗談としてだ。フードを取る練習くらいはしといた方がいいんじゃないか？』

ゆいはこの一週間、常にフードを目深に被って極力髪を隠すようにしている。

……それは優真に対しても変わらない。よっぽど根深いコンプレックスのようだ。

だが、学校が始まったらそういうわけにもいかない。

『まずは練習で、俺と二人でいる時くらいはフード外しとくとか。もう俺がお前の髪くらいでどうこう言わないのはわかってるだろ？』

『うん……』

ゆいはスマホを置くと胸に手を当て深呼吸する。おずおずとこちらを見てきたので、決意を促すように頷きで返した。

しばらくモジモジした後、ゆいはこちらに向き直った。ギュッと目をつぶりフードを取る。

服の中にしまってあった長い髪も外に出す。まるで天使が羽を広げるみたいに、ふわりと白い髪が広がった。

腰まで届く白くてサラサラの長い髪。今まではフードで隠していたのとこれまでの印象もあって、ゆいに少年っぽさを感じていた。だがそうやって髪を出すと女の子感が一気に強くなった。

「ど……どう……？　変じゃ、ない……かな？」

ゆいは恥ずかしそうに聞いてくる。それに対して優真は……。

「かわい……ごめん今のなし」

恥ずかしがっている姿があまりにかわいらしくて、思わず素で言ってしまった。

ゆいもたちまち顔を赤くして、わたわたスマホを操作し始める。

『うそつき！　どうこう言わないって言ったじゃん！』

『ポジティブな反応なら別にいいだろ⁉　というかマジでかわいいからなお前⁉　いわゆる美少女だからなお前⁉』

毒を食らわば皿までの精神で褒めることにした。ゆいは顔まっ赤でわたわたしている。

『女の子に面と向かってかわいいとか、言ってて恥ずかしくないの⁉』

『お前が頑《かたく》なに自分がかわいいって認めないから言ってるんだよ！　かわいい！　ゆいちゃんかっわいい！』

『やめて！　本気で恥ずかしいからやめて！』

流石に優真も恥ずかしくなってきたので、咳払《せきばら》いして一度流れを切る。

『お前、そこまで自分の髪にコンプレックスあるのか？』

『いやだって、こんな白い髪なんて変だし。……小学生の頃にさんざん変だとか気持ち悪いとか言われたし……』

『小学生の言うことなんていちいち気にすんな。確かに白い髪なんて珍しいしお前が気にするのもわかるけどぶっちゃけ周りはそこまで気にしないし俺はもう見慣れた。それにお前チャットだと面白いし人懐《ひとなつ》こいし、リアルでもそういう感じでいけたら絶対モテるぞ』

優真がそう言うとゆいはまた恥ずかしそうに顔を伏せてしまった。辛うじて『モテなくていいもん……』とだけ返信してくる。

ゆいがフードを被るのをやめただけなのになんだが急に気恥ずかしくなってしまって、ごまかすように漫画を読むことにした。

物語の中ではフィーが覚醒して大活躍だ。だが、まだそわそわしているゆいが気になってあまり集中できない。

そうやってしばらく漫画を読んでいると――。

「ね……ユーマ……」

ちょん、とゆいが優真の服をつまんだ。

「ん？　どうした？」

「わたし……その、ホントに、かわいい……？　その、お世辞とか……じゃなくて」

ゆいは相変わらず顔が赤くて、不安そうな、すがるような目でこちらを見ている。

――何故《なぜ》だか胸がキュウと締め付けられるような感じがした。

「……かわいいぞ。本当に」

さっきの何倍も恥ずかしくなってついぶっきらぼうに言ってしまった。

「そっか……へへ」

ゆいは照れくさそうにしながらも嬉しそうに笑う。

「ユーマがそう言ってくれるなら……ちょっとだけ、頑張ってみる……ね？」


ネットカフェを出る時、ゆいはフードを被らなかった。

「大丈夫……じゃなさそうだな」

「あ、あう……」

ゆいはネットカフェを出たところで固まってしまっていた。

無理もない。ちょうどこの時間は帰宅ラッシュのタイミング。通りには人がたくさんいる。

ゆいの白い髪に視線を向ける人も少なくない。

「さっきはああ言ったけど無理しなくていいんだぞ？」

「が、頑張るって、決めたから……」

ゆいは決意を固めるようにそう言った。けれども最初の一歩が踏み出せない。

「ユ、ユーマ……お、お願い、していい……？」

「ん、いいぞ」

「う、腕……貸して……？」

「……腕？」

よくわからなかったがゆいの方に軽く腕を伸ばす。するとゆいはギュッとその腕にしがみついてきた。

「ちょっ⁉」

ゆいは固く目をつぶって、ギューッと優真の腕をホールドしている。

……幸か不幸か。ゆいの着ているパーカーの布地が厚いのもあっていわゆる『当ててんのよ』的な感触はほとんど感じない。もふっとしたパーカーの柔らかい感触が主だ。

だが思春期男子としては同年代の女子にこうやって腕に抱きつかれるというシチュエーションだけでドキドキしてしまう。

とはいえせっかくゆいが頑張ろうとしているのだから振り払うわけにもいかない。

「こ、このまま帰るのか？」

ゆいは目をギュッと閉じたまま必死な様子でコクコク頷いている。

「じゃ、じゃあ……い、行くぞ？」

辛うじて声が裏返るのは我慢した。ゆっくりした足取りで歩き出す。

そこからはもう羞恥《しゅうち》プレイだった。まっ白な髪の女子とそれに腕をホールドされてガチガチになっている男子なんて嫌でも目立つ。

周りから面白いものを見る目や微笑ましいものを見る目を感じるし、ゆいが力いっぱい腕にしがみついていて歩きにくく、かなり遅い行軍になった。


ゆいの家の前に着くと、ゆいは心底ホッとしたように息を吐いた。いそいそとスマホを操作し始める。

『ユーマ、今日はボク頑張ったよ。褒めて褒めて』

ゆいはそんなことを入力して嬉しそうに笑う。その笑顔につられて優真も笑った。もし自分に妹がいたらこんな感じだろうか？

あれだけびびりまくってたくせによく言うなとは思ったものの、それでも勇気を出して踏み出した一歩だ。ここは要望通り褒めてやろう。そう思って手を伸ばした。

「よしよし、よく頑張ったな」

そう言ってポンッとゆいの頭に手を置いて軽く撫《な》でる。

するとゆいはびっくりしたような顔で優真を見上げた。

（……あれ？　もしかして俺ミスった？　『褒めて』って冗談で言ったのに空気読まずに頭撫でた感じ？）

優真は慌ててゆいの頭から手を離す。

「す、すまん！　つい妹がいたらこんな感じかなって！」

「う、うん。だいじょうぶ」

ゆいも恥ずかしかったようで顔が赤い。胸に手を当てて深呼吸。仕切り直すようにチャットを再開する。

『もしかしてボクってユーマに妹分だって思われてるのかな？』

『……ごめん。正直そんな感じに思ってる』

『別にいいよ、実際いっぱいお世話になってるしね。……まあ、恥ずかしいから外ではあまりやらないでほしいけど』

『ごめんごめん』

『だから謝らなくていいって。ちょっと恥ずかしいだけで別に嫌なわけじゃないから』

そこまでチャットして、ゆいはふと手を止めた。

少しの間何か考えて、周りを見回す。つられて優真も周りを見るが近くには誰もいない。

『ねえユーマ？　ボクの頭、撫でたい？』

『はい？』

『いや変な意味じゃなくてね？　ボクも好きなキャラとか見てると頭撫でてかわいがりたいって思う時あるし、ユーマもそんな感じなのかなって』

『……まあ否定はしない』

正直に言えばゆいの頭を撫でたいという気持ちは少しある。

もっとも、異性に対する気持ちというよりも自分に懐いてくれている妹分をかわいがりたいという気持ちが大きいが。

『じゃあ、いいよ？　普段お世話になってるお礼もかねて』

ゆいはほんのり頬《ほお》を染めて優真を上目づかいに見上げた。軽く頭を傾けて優真が撫でるのを待っている。

（……いいのかなこれ）

頭を撫でるだけとはいえ自分から女子に触るというのは、やはり少し抵抗がある。

だがゆいが自分からこうやって言ってくれたのに断るのも、それはそれで悪い気がする。

少々迷ったが優真はゆいの頭を撫でることにした。

最初は指先で軽く触れて、それから手全体で包み込むように。

ゆいの髪は細くて柔らかくて、まるで絹糸のようにさらさらしていた。軽く手を左右に動かすと心地よい手触りを感じる。

ゆいの方はというと軽く目を閉じて、恥ずかしそうに頬を赤くしながらもまんざらでもない様子で撫でられている。少なくとも嫌がられてはいないようだ。

(やっぱりかわいいよなこいつ……)

ちょっと男子に対する警戒心薄すぎだろとは思うが、そんな姿を見ていると胸がキュンとしてしまう。

とは言っても、かわいいのは妹分として。恋愛対象とかそういう風には見えない。

(まあ、俺って年上好きの巨乳好きだしな)

正直よかったと思う。もしもゆいが自分の好みドストライクだったりしたら今みたいな関係は築けなかっただろう。

「ん……ユーマ?」

「ああ、何でもない。それじゃ俺、そろそろ帰るな」

「ん。また、明日ね?」

「おう」

——何はともあれ今日、ゆいは自分の意思でまた一歩踏み出せた。

この調子ならコミュ障克服も案外すんなりいけるんじゃないか。そう思っていた。

だが次の日、事件が起きた。

◆幕間◆暗雲

翌日。お昼ご飯を食べた後。ゆいは自分の部屋にある化粧台の前に座っていた。

お気に入りのモコモコした羊のぬいぐるみに半分顔をうずめて、今まで布を被《かぶ》せてあまり見ないようにしていた鏡をジッと見つめている。

(——わたしって……かわいいのかな……？)

少し前なら考えもしなかったことを考えてみる。

鏡を見るのは嫌いだった。

鏡に映る自分の姿を見ていると『自分は他の人とは違うんだ』と突きつけられているような気がして、なるべく見ないようにしていた。

(けどユーマはわたしのこと、何度もかわいいって言ってくれた)

もちろんお世辞だろうし、恥ずかしいからほどほどにしてほしいけど、それでも嬉《うれ》しかった。

初めて会った時も白い髪に驚いていたけれど、腫《は》れ物《もの》扱いしたりせず普通に友達として接してくれている。

それにコミュ障とかコンプレックスとかも、どうすればいいか真剣に悩んでくれている。自分のこと、妹みたいだって大事にしてくれている。

「えへへ……♪」

苦労をかけてるのはわかっている。けど、それがすごく嬉しい。

（わたしも……がんばらないと……！）

優真《ゆうま》が構ってくれるのは嬉しいけれど、いつまでも任せっぱなしはダメだと思う。

自分でもできることをしないと。そう思ってゆいは鏡を見つめる。

こんなにまじまじと自分の顔を見たのは何年ぶりだろう？

――白い髪はやっぱり嫌い。でも、言われてみれば確かに？　目鼻立ちは整ってなくもないような？

（かわいい……わたしはかわいい……だってユーマが言ってくれたもん……かわいい……絶対かわいい……）

心の中で自己暗示。今日も優真と遊ぶ約束をしていて、もうすぐ迎えに来てくれる時間だ。

いつもはフードの付いたパーカーで極力髪を隠すようにしているが、今日はフードのない服――白いブラウスで行くつもりだ。

不安と、昨日みたいに褒めてくれるかな？という気持ちが半分半分。ソワソワしながら優真が来るのを待っている。

――と、ペコン♪とスマホからメッセージの着信音がした。

すぐにスマホを見る。送ってきたのは優真だ。だが内容は用事で少し遅れるというものだった。

ひとまず『りょーかい』と返事して小さくため息。待っている時間は長く感じる。

（……わたしの方から、行ってみようかな……？）

ふと、そんなことを思いついた。

初めて一緒に遊んだ日から今日まで、毎日優真に家まで迎えに来てもらっている。

だけど、一回くらいはこっちから行った方がいいんじゃないかなと、そう思った。

優真の住んでいるマンションはすぐそこだし、迷子になることもない。

（マンションの入り口で待ってたらびっくりするかな？　喜んで、くれるかな……？）

昨日のことを思い出す。

昨日帰る時は恥ずかしくてずっと優真の腕にしがみついていたけれど、家に着いた時は褒めてくれた。……自分が頑張ったことを、嬉しそうに笑ってくれた。

「………よし！」

ゆいはそうやって気合いを入れて、家から出ていった。

†

「よし！」と決意して家を出てきたが……ゆいは早くも後悔し始めていた。

白い髪を隠さずに一人で出歩くことが恥ずかしくてたまらない。

春休みのお昼時だからか、通りに出ると同年代くらいの子がそれなりに歩いている。

優真は周りの視線なんて気にするな、自信を持て、と言ってくれたけれど、やはりどうしても気になってしまう。

周りの人がみんなこっちを見ている気がする。話している人がみんな自分のことを言っている気がする。

（大丈夫……大丈夫……）

心の中で何度も自分に言い聞かせる。

背中を嫌な汗が伝っていくのを感じる。胸が苦しくて、ちょっとでも油断すると息が詰まりそうになる。深くゆっくり呼吸することを心がけながら、それでも何とか足を進める。

（あと少し。ユーマが住んでるマンションまであと少し）

ゆいは心の中でそう繰り返す。

（本当はユーマが出てくるまで入り口で待ってるつもりだったけど連絡して助けに来てもらおう。だからそれまで、もうひと頑張り――あ）

前の方から、自分と同年代の女子三人組が歩いてきた。

……自分とそう歳《とし》も変わらないはずなのに怖いと感じてしまう。はっきり言って近づきたくない。

なのに、今いる歩道には逃げ場がなくて、三人組は道いっぱいに広がっている。

逃げ場がなくて『どうしよう』と立ち尽くしてしまった。そうしているうちに三人組の前に立《た》ち塞《ふさ》がる風になってしまう。すると嫌でもこちらに視線が向く。

「うわ、髪まっ白じゃん」

「変なのー」

「キモー」

まるで日常会話でもするみたいな軽い口調で、そんなことを言われた。

「あ……」

そういうことを平気で言ってくる人もいる。

そんな人たちは気にするだけムダ。

……頭ではわかっていたはずなのに、胸が苦しくなって、息が詰まるのを感じた。

さっき言われたようなことを、昔も言われた。いじめられた。その時の記憶がフラッシュバックする。

「はっ……はっ……」

うまく息ができない。過呼吸。——過換気症候群。極度の不安や緊張で起きる症状。

この症状はよく知っていた。身体が弱くても調子がいい日を見つけて学校に通っていたゆいにとどめを刺した症状。

小学生の頃、いじめられたのが原因でこの症状が出てしまった。

それからはまたこの症状が出るんじゃないかと不安になって、その不安が原因でますます症状が起きやすくなって……そんな悪循環に陥《おちい》って、ただでさえ少なかった学校へ行く機会がさらに少なくなってしまった。

（ずっと、出てなかったから……もう、治ったって、思ってたのに……）

あんな風にちょっと言われただけで再発するなんて思わなかった。

頭がクラクラして、目が回って、立っていられなくて——その場に崩れ落ちた。

「ちょ、ちょっとやばいんじゃない⁉」

「あ、あたし知らないし！」

視界の端でさっきの女子達が逃げていく。

（息……どう、やれば……いいん、だっけ……）

苦しい。手足が痺《しび》れてくる。

「たす……けて……ユー、マ……」

気がついたら優真の名前を呼んでいた。

頭がチカチカする。景色がぐるぐる回って——。

「――ゆい！」

その声でハッとした。目の前に優真がいた。

「ユー……マ……」

しがみつくように優真に抱きついた。

……症状は知っているから、対処法も知っている。

優真の胸に顔を埋《うず》める。気持ちを落ち着けて、深呼吸。ゆっくり呼吸するのを心がける。

優真は優しく背中をさすってくれた。それがなんだかすごく落ち着く。安心する。

それから数分して、無事に症状も落ち着いてきた。

「大丈夫か？」

「ん……あり、がと……」

身体を離す。優真は心配そうにこちらを見ていた。

――恥ずかしい。こんなみっともないところ、見せたくなかった。

「痛っ」

ひざを見ると擦りむいて血が滲《にじ》んでいた。さっきひざをついたところに石があったみたいだ。

「っと。怪我《けが》したのか。手当てしないと」

「だ、だい、じょうぶ……これくらい……」

「ダメだ。小さい怪我でも化膿《かのう》したりしたら大変なんだぞ」

軽く叱《しか》るような口調でそう言われて、近くの公園まで連れていかれた。

怪我したところを公園の水飲み場で洗って、ベンチに座らされて絆創膏《ばんそうこう》を貼《は》ってもらった。

「絆創膏、持ち歩いてるんだ……」

「姉貴がティッシュとハンカチ、絆創膏はいつも持ち歩けってうるさいんだ」

「お母さん、みたいだね……」

明るい会話でもして『元気だよ』というのをアピールしたかったけれど完全に逆効果。声が震えて、最後は消え入るような声になっていた。

──こんなの、見られたくなかった。

一人で優真のマンションまで行ってコンプレックスもだいぶ克服できたよとアピールしたかった。

褒めてほしかった。喜んでほしかった。

優真と遊ぶようになって毎日出歩いていたから、以前よりもマシになったと思っていた。

けれど全然ダメだった。一人じゃ何もできなかった。変わっていなかった。

そう思うと情けなくて泣きそうになる。

「……何があったんだ？」

「……なんでも、ない」

やっぱり声が震えてしまう。優真が心配そうにこちらを見ている。

自分のことなんてほっといてさっさと帰ればいいのに……と思う反面、ここで優真が帰ったら帰り道で同じ目にあうかもしれないとも思う。

一人にしてほしいと思うのに、心の底では慰めてほしいとも感じている。

それが情けなくて、心がぐちゃぐちゃになっていくのを感じる。

「……お前が嫌じゃなければここにいさせてもらうから、何か話したくなったら話してくれ」

まるでこちらの気持ちをわかっているみたいに優真はそんなことを言ってくれた。

何も答えないでいると、優真は隣に座った。すごく自分のことを気遣ってくれている。

——そうだ。いつもみたいにチャットでやればいいんだ。

よっぽどパニクっていたみたいで、スマホの存在を忘れていた。それで何があったか話して、けれど『元気だよ』『心配しないで』っていうのをアピールしよう。

スマホを取り出して文字を入力。送信。

すぐにペコン♪　と優真のスマホからメッセージを受信した音が鳴った。

『ユーマ、話していい?』

そのメッセージに『もちろん』と返事がくる。

『頑張ってユーマのマンションまで行こうとしたんだけど、途中で陽《よう》キャ集団とエンカウントしちゃってさ』

「っ！」

『それでボクのこと『変だ』とか『気持ち悪い』って、笑って。ホントああいう連中って人の気持ち考えないよね』

さらに続ける。

『そういう人たちもいるって頭ではわかってたんだけどさ。実際に言われると頭まっ白になって、息ができなくなって』

『悔しくて、けど言い返したりなんてできなくて、苦しくて、情けなくて』

――あれ？

スマホに水滴が落ちてきた。最初は雨かなと思ったけれど、それは自分の涙だった。

知らないうちに眼《め》から溢《あふ》れて、ポロポロポロポロ、止まらない。

「ち、ちが……」

優真が背中の辺りをポンポンと優しく叩《たた》いて慰めてくれる。

小さい子供扱いされているみたいで恥ずかしい。なのに、何でかしばらく涙は止まってくれなかった。

その後、優真が家まで送ってくれた。

友達にこんな姿を見られて恥ずかしいし情けない……のに優真が心配してくれて、一緒に

帰ってくれてホッとしている自分がいる。

——心がぐちゃぐちゃになっていく。

「今日のことはあんまり気にするなよ？」

家の前。別れ際に優真がそう言って慰めてくれる。

「そういう変なこと言うの、ほんの一部の馬鹿《ばか》なやつだけだから。いちいち気にしてたらきりがないって」

——そんなのわかってる。わかってるけど、できなかったんだよ。

心がぐちゃぐちゃで、それで——。

「知った風なこと、言わないで……！」

気づいたらそんなことを口に出していた。

「ゆ、ゆい？」

「わたし変だもん！　普通のユーマには、わたしの気持ちなんてわからないもん！」

言ってからハッとした。

——これは……たとえ思ってしまったとしても、絶対に言葉にしちゃダメなことだ。

「…………ごめん」

優真が辛《つら》そうな顔で、呟《つぶや》くように謝った。

（違う……違う！　謝らないで！　ごめんなさいって言わなきゃいけないのはわたしの方だか

ら！）

なのに……言葉が出てこない。声の出し方を忘れてしまったみたいに『ごめんなさい』の一言が言えない。

「俺《おれ》、今日はもう帰るな？」

そう言って優真は背を向ける。

『待って！』という声が出ない。しがみついてでも引き留めたいのに身体が動いてくれない。

そのまま優真は帰っていってしまった。

◆四話◆　思春期と通り雨

「え？　お、お帰りゆーくん？」

今日は仕事が休みで家にいたネネは、ずいぶん早く帰ってきた優真《ゆうま》に困惑気味だった。

「ただいま……」

「……何かあったの？　シュヴァルツくんと喧嘩《けんか》でもした？」

「いや、そういうわけじゃないんだけど……悪い、ちょっと一人にしてほしい」

「う、うん……」

心配そうなネネには悪いなと思ったけれど、正直今は明るく話せる自信がなかった。

部屋に戻るとそのままベッドに倒れ込んだ。寝返りを打ってぼんやりと天井《てんじょう》を見上げる。

ゆいの辛《つら》そうな表情が頭から離れない。

心がモヤモヤする。身体が鉛みたいに重い。正直、ゆいが落ち込んでいる姿を見て自分がここまでダメージを負うとは思っていなかった。

――失敗した。

ゆいは自分のコミュ障とかコンプレックスの克服に前向きで、それがうまくいっていると思っていた。

けど、急がせすぎた。学校がもうすぐ始まるからって、ゆいもそれに応《こた》えようとして……傷ついた。

「くそ……」

悔しかった。

少し髪の色が違うくらいでゆいを笑う連中を思いきり殴りつけてやりたかった。

ゆいは何も悪くないのに、どうして少し外を出歩いただけでそんな辛い思いをしなきゃいけないんだと、悔しくて悔しくてたまらない。

それに何より——泣いているゆいに何もしてやれない自分に腹が立つ。

ゆいは自分にとって親友で、妹みたいな存在だ。それがこんな理不尽な目にあって泣いてるのに、自分は何もできていない。

感情を抑えきれず、思いきりベッドに拳《こぶし》を振り下ろした。

——これから、どうするべきだろうか。

実際、自分にはゆいの気持ち全部は理解してやれない。

これ以上は、またあいつを傷つけることになるんじゃないだろうか？　そう考えてしまう。

学校が始まる前にゆいのコミュ障やコンプレックスを何とかしてやりたい。けどそれで頑張らせた結果、今回みたいなことになった。……どうすればいいんだろう。

ベッドの上で天井を見上げたまま途方にくれていた……その時だ。

コンコン、とドアをノックする音がした。返事するより早く扉が開いてネネが入ってきた。

「……姉貴。今は一人にしてほしいんだけど……」

「や・だ♪」

ネネはにっこり笑ってそんなことを言った。

追い出そうかとも思ったけれどそんな気力もない。

そうしている間にもネネはいそいそとスリッパを脱いでベッドに上がる。そして正座してポンポンと自分のひざを叩《たた》いた。

「はい、ゆーくんこっち来て？　ひざまくらしてあげる」

「……は？」

少しイラッとしてきてネネを睨《にら》んでしまった。だが、ネネは相変わらずにっこり笑ったままでそれに応えた。

――ネネは血は繋《つな》がっていないけれど姉弟だ。その表情でネネがふざけているわけではないと、むしろ心配して来てくれたのだとわかった。

「ゆーくん。何かいろいろ抱え込んで、悩んじゃってるんじゃない？」

「それは……」

「暗い気持ちで一人でいると、考えがどんどん悪い方向に行っちゃうものよ。そういう時には親しい人に頼りなさいな。話ならいくらでも聞いてあげるから」

ネネはそう言うとあらためてポンポンと自分のひざを叩く。

「ほら、観念してひざまくら。ゆーくんが折れるまで、私はてこでもここから動かないからね」

苦笑いしてため息一つ。……こうやっている間にもほんの少しだけ気持ちが軽くなっているのに気がついた。

観念してネネのひざに仰向《あおむ》けに頭を乗せる。

ネネは優しい笑顔を浮かべながら手で優真の目を塞《ふさ》いだ。

「ふふ、ゆーくんとこうやってスキンシップするの久しぶりだねー？　ほらほら、眉間にしわが寄っちゃってるぞー？」

ネネはそう言いながら優真の眉間のしわをくにくにに伸ばすように指を動かす。温かい手で眼《め》の周りの筋肉がマッサージされているみたいで、気持ちいい。

「……ねえゆーくん。話せることだけでいいから、何があったか、話してみない？」

「それは……」

「まあ相談されてもそれを解決してあげられるかはわからないけど、話せばそれだけで気持ちは軽くなるものよ。ほらほら、話してみなよー？」

ネネはそんなことを言いながら優真のほっぺたをツンツンしてくる。

――ヤバい。なんか、姉に母性を感じる。

「なんというか……」

「ん？」

「姉貴……こういう時だけ年長者なの、ずるいよな」

「ふふ、そりゃあこれでもお姉ちゃんだもの。かわいい弟が落ち込んでる時くらいはねー」


そうして優真は、これまでにあったことをおおまかに話した。

ネトゲでできた親友のシュヴァルツはコミュ障で、髪が白いのがコンプレックスで、それを克服するために頑張っていたこと。

けどそれで、一人で自分のところまで来ようとして、傷ついたこと。

「ゆーくんはよっぽどシュヴァルツくんのことを大切にしてるのね。ふふ、ちょっと妬《や》いちゃうなー？」

「だけど、俺《おれ》が急《せ》かすようなことをしてあいつは……むぐっ？」

ネネは指で挟むようにして優真の口を塞いだ。

「自分を責めるようなことを言うのは禁止。そんなこと言ういけないお口はこうしちゃうぞー♪」

そう言いながらネネは優真の口をうにうにする。そうやってじゃれつかれるのが、今はなんだかすごく癒やされる。

「そうね……突き放すようなことを言っちゃうけど、それはゆーくんが気にすることじゃないと思うな。シュヴァルツくんが頑張ってみたけど、失敗しちゃった。落ち込んで少し喧嘩しちゃった。それだけじゃない？」

「むぐ……」

「今『けど』とか『でも』とか言おうとしたでしょ？　ほんと、ゆーくんはシュヴァルツくんのこと大好きなのね」

くすくす笑いながら、ネネは少し間を置いて続ける。

「じゃあ逆に聞くけど、シュヴァルツくんはこのまま落ち込みっぱなしだと思う？　本気でもうやめたいって言い出すと思う？　……勇気を出してゆーくんと会おうって決めたシュヴァルツくんが？」

言われてハッとした。――そうだ、なんで今まで忘れていた。

自分と会いたいと言ったのも、コミュ障を克服したいと言ったのも、あらためて友達になろうと言ったのも全部ゆいの方からだった。

ゆいの境遇を考えればそれがどれだけ勇気のいることだったか……それでもゆいは前に進もうと、一歩踏み出したのだ。

「大切なお友達なら、ゆーくんも相手のことを信じてあげてもいいんじゃない？」

「……うん」

「シュヴァルツくんはきっと勇気のある子だよ。大丈夫、今は少し転んでしまっただけ。すぐに立ち上がってまた歩き出してくれるから。親友のゆーくんがそれを信じてあげないと」

「……うん」

「それでゆーくんはそんなシュヴァルツくんの手を引っ張ってあげる人のままでいいと思うな。きっとこれからもいろいろとつまずくことはあるだろうけど……そんなことで壊れちゃうほど、二人の友情はちゃちなものじゃないでしょう？」

「……ああ」

優真は身体を起こした。沈みきっていた気持ちが少し軽くなったのを感じる。……ただ、さっきまでひざまくらされていたと思うと顔が熱くなるのを感じた。

「まあ……ありがとな姉貴。おかげでちょっと元気出た」

「どういたしまして。ふふ、私もたまにはお姉ちゃんしないとね。んふふ～、もしかして惚《ほ》れちゃったんじゃない？」

「そんなわけあるか歳《とし》考えろ歳」

「ゆーくん……それ以上言ったら戦争よ」

そう言って二人で笑い合った。優真の笑顔からは先程までの陰鬱《いんうつ》さはなくなっていた。

「それでどうするの？　さっそくシュヴァルツくんの家に行って仲直りしてくる？」

「そうだな……うーん」

どうしようかと考える。落ち込んでいたようだしなんて言葉をかければいいものか。


――と。


ポツ、ポツ、と、雨が窓を叩く音がした。

「……雨？」

「え。天気予報では降らないって言ってたのに……」

そうしている間に窓を叩く雨粒はみるみる増えていき、あっという間に本降りになった。

「た、大変！　ベランダにお布団《ふとん》とか干しっぱなし！」

「マジか。取り込んでくる」

すぐにベッドから下りベランダに向かった。

ベランダに出ると雨は完全に本降りになっていて布団はすでにしっとりしていた。持ち上げるとちょっと重たい。

（俺がいる時に降ってきたのが不幸中の幸いか。けっこう重いし姉貴一人で取り込むのは大変……ん？）

――優真たちが住んでいるのはマンションの上の階だ。布団を取り込む時に何となく街並みを見下ろすと……そこに白い人影があった。

「…………ゆい⁉」

ゆいは雨の中傘も差さず、こそこそ物陰に隠れながら優真のいるマンションの近くまで来ていた。

「どうかしたの？」

「ごめんちょっとこれ頼む！」

「わぷっ⁉」

取り込んだ布団をネネに放り投げて家を飛び出した。

エレベーターホールまで走っていきエレベーターのボタンを押そうとしたが今は故障中だ。

ちくしょう早く直せと心の中で悪態をつきながら迷わず階段へ。一段飛ばしで一階まで駆け下り、外に飛び出した。

ゆいは同じ場所にいた。優真の姿を見ると驚いた顔になる。

「え？　ユーマ……？」

「ゆい！　お前なんで……」

「ご、ごめんなさい！」

優真が何か言うより早く、ゆいは深々と頭を下げてそう言った。

「ひどいこと言ってごめんなさい！　八つ当たりでユーマに嫌な思いさせてごめんなさい！

ユーマは何も悪くないのに、わたし……」

今まで聞いたことがないような必死な声だった。

「だ、大丈夫だから。気にしてないから。顔あげろ。な？」

なだめるようにそう言って、ひとまず頭を上げさせる。

「……一人で来たのか？」

「……ん」

「大丈夫なのか？　その……」

「わたし、ひどいこと言っちゃったから。それでユーマ、苦しそうな顔、してたから、だから、謝らなきゃって……」

「そんなのチャットでもよかったのに」

「ちゃ、ちゃんと、直接会って言いたかったから、それに、あらためてお願いしたくて……」

「お願い？」

ゆいは頷《うなず》くと息を吸い込む。

「あ、あんなことして、厚かましいけど、わたし、コミュ障克服したい！　コミュ障克服して、ユーマと一緒に楽しく学校通いたい！」

ゆいは必死な声で続ける。

「だって……だってわたし、ユーマのこと大好きだから！　ユーマはわたしの初めての友達で、お兄ちゃんで、一緒に遊んでると楽しくて、幸せで……。だ、だから！　一緒に高校生活、したい！　一緒に登下校して、授業受けて、お昼ご飯なんかも一緒に食べて、社会見学とか修学旅行も一緒に回って、絶対楽しくて！　えと、あの、それでユーマも一緒に楽しんでくれたら嬉《うれ》しくて……あ、あれ？」

——けど、気持ちは痛いほど伝わった。……嬉しかった。

必死すぎて途中で着地点を見失ってしまったようで、ゆいはオロオロし始めてしまった。

「ゆい」

「ひゃっ⁉」

感極《かんきわ》まって、ゆいのことを抱きしめてしまった。

やってから『流石《さすが》にこれはまずいんじゃないか？』と思わなくもなかったが、ゆいの方もおずおずとした感じで優真の背中に手を回してくれた。

「今、めっちゃ嬉しい……」

「どうしてユーマが嬉しいの？」

「そりゃお前、一番の親友がそんなこと言ってくれたら嬉しいに決まってるだろ」

「……えへへ」

——さっきの言葉は、ちょっと泣きそうになるくらい嬉しかった。

（……俺、こいつのこと大好きすぎだろ）

けど実際大好きなのだから仕方ない。一緒に遊んでいると最高に楽しいし、ゆいも楽しそうにしてくれると嬉しかった。ゆいは自分にとって一番の親友でかわいい妹分だ。

(ゆいと一緒に高校生活を送りたい)

あらためて、心からそう思った。

(一緒に登下校して、授業受けて、昼飯なんかも一緒に食べて、社会見学とか修学旅行も一緒に回って……うん、絶対楽しい。それでゆいも一緒に楽しんでくれたらもう最高だ)

今までは、親友であるゆいのためにコミュ障やコンプレックスを克服させてあげようと思っていた。

けれど今からはお互いのため。

二人で一緒に、楽しい高校生活を迎えるために頑張ろうと、そう心に決めた。

…………。

…………。

「そ、そろそろ離れようか」

「そ、そうだね」

冷静になってくると、流石に抱き合っているのが恥ずかしくなってきた。

少々どぎまぎしながら身体を離した……が、そこで衝撃的なものが目に飛び込んできた。

優真は咄嗟《とっさ》に、再びゆいの身体を抱きしめる。

「わぷっ⁉　ちょっ⁉　ユ、ユーマ⁉」

「服！　ふくーーっ！」

「服？」

ゆいは少しだけ身体を離して自分の服を見る。今日は比較的暖かくて、ゆいはいつもより薄手の白いブラウスを着ていたのだが……。

——雨で濡《ぬ》れて、淡い桃色のブラジャーがくっきりと透けていた。

「〜〜〜〜っ⁉」

自分の状態を確認したゆいは再び優真に抱きついてくる。

「ど、どどど、どうしよう……」

「どうしようって……」

ゆいのブラジャーはゆいらしいというか、シンプルで地味なものだった。

優真ももうすぐ高校生。性的なものにも多少は触れてきているのでそれくらい余裕……なんてことはまったくなかった。

漫画なんかとは文字通り次元が違う。リアルの、同年代の下着というのは、ヤバかった。見

たのは一瞬だったのにもう頭から離れない。

(……どうしよう)

このまま帰らせるわけにはいかない。それは流石にゆいじゃなくても恥ずかしすぎる。

どこかに隠れて雨宿り……どこに? それにゆいは身体が弱いのだし、あまり濡れたままにさせたくない。

となると距離的に考えて、自分の家まで連れていってシャワーでも浴びさせて着替えを貸してやるべきか。

とはいえ、エレベーターが壊れているのだった。階段を上っていく途中ですれ違った人に今のゆいを見られる可能性も十分ある。……それは、なんだか、ものすごく嫌だ。

——背に腹はかえられない。

「ゆい、俺の家までおんぶでいいか?」

「え?」

「俺の家まで、ゆいをおんぶしていこうと思うんだけど、嫌か? それならその……透けてるの隠せるし俺からも見えないし、少なくとも普通に歩いて帰るよりはマシだと思うんだけど……」

「あ、うん……。えと、ユーマがいいなら、いいけど……じゃあ、お願い、します?」

ゆいが身体を離す。優真は透けているのを見ないように目をそらして背を向ける。

ゆいはためらいがちに後ろから優真の首に腕を回して抱きついてきた……が。

――ふにっ。

……ゆいの胸は、どちらかと言うと控えめな方だ。

けれど今はお互いの服が濡れて肌にぴったり張り付いていて、そこにこんな風に抱きつかれると嫌でもその感触を意識してしまう。

――危なかった。ゆいの胸がもう少し大きかったら即死だった。

「じゃ、じゃあ持ち上げるぞ。しっかり掴《つか》まってろよ？」

「う、うん」

ゆいの太ももに手をそえる――と。

――むにゅっ。

……おんぶする時、ゆいの太ももに触れた。

（めっっっっちゃ柔らかい……！）

想像以上だった。ほっそりした見た目からは想像できないくらい柔らかかった。むにむにだった。

しかもゆいはギュッとしがみついてきていて、背中にふにふにしたものが押しつけられて、なんだかいい匂《にお》いまでして……。

――即死だった。

「だ、だいじょうぶユーマ？　重くない？」

「だ、大丈夫大丈夫、へーきへーき」

「け、けどなんだかぷるぷるしてるよ？　重いんじゃないの？」

「ダイジョーブ！」

軽く声が裏返った。

可能な限り余計なことを考えないようにしながらマンションに入り、階段をのぼっていく。

ゆいは軽いので体力的には問題ないのだが精神的には瀕死だ。エレベーターが壊れているのをこんなに恨んだことはない。

「あ、そうだ」

階段を上りながら家に電話して、簡単に事情を説明した。

「というわけで今からシュヴァルツを家に連れてくけど……えー……」

「大丈夫わかってるわよ。シュヴァルツくん、髪が白いけどそのことには触れないように……よね？」

「ああ、まあ……うん」

本当はもう一つ重大なことがあるのだが、そっちはなんとなく言えなかった。

「私もシュヴァルツくんと会ってみたいって思ってたから楽しみね。それじゃ、待ってるから」

「……おう」

そうしてどうにか階段をのぼりきり、家の扉を開けた。

「ただいまー」

「お、おじゃまします……」

するとネネが玄関まできて、笑顔で出迎えてくれる。

「お帰りなさい。そしていらっしゃいませシュヴァルツくん。ゆっくりしてい……って……」

ネネの言葉が途中で止まった。優真に背負われているゆいを見て目をパチクリさせている。

そんなネネの様子には気づかないふりをして、優真はゆいを下ろした。

「風呂《ふろ》場は廊下を突き当たったところにある。着替えは後で持っていくから先にシャワー浴びててくれ」

「う、うん……」

ゆいはネネに一度ぺこりと頭を下げるとその脇《わき》を足早に通り抜けていく。

そしてゆいが脱衣所の方に消えると、ネネは目を剝《む》いて優真の方を見た。

「ちょっとちょっとちょっとゆーくん⁉　シュヴァルツくんが女の子なんて聞いてないんだけど⁉」

「……まあ言ってなかったし」

「え？　じゃあ今までネットカフェの個室で若い男女が二人きりで……しかも今はおんぶで、

当たり前のように肌を密着させて……え？　え？　もしかして付き合ってる⁉　付き合ってるのゆーくんきゃー♪」

「ち、違うからな⁉　そういうのじゃないからな⁉」

「かーらーのー？」

「フリじゃねえから！　あーもうこうなるのが嫌だから言いたくなかったんだよ！　と、とにかく俺は着替え用意するから！」

優真はそう言って逃げるように自分の部屋に行った。


部屋に入ると優真はタオルで軽く身体を拭いて、着替えてからゆいに貸す服を見繕う。

（とりあえず俺が昔使ってたジャージでいいよな？）

ちょうど中学の時に使っていたものが残っていた。……これを今からゆいが着ると思うと、少し悶々《もんもん》とした気分になってくる。それを振り払うように頭を振って脱衣所へ向かった。

……漫画とかでならここで服を脱いでいるゆいと嬉し恥ずかしなラッキースケベをするところだが、リアルでそんなことになるつもりはない。そんなの気まずすぎる。ただでさえ先程のことで少し後ろめたい気持ちになっているのだ。

ゆいがシャワーを浴び始めたのを念入りに確認して脱衣所へ。

「ゆいー。とりあえず俺のジャージ貸すから、服が乾くまではこれ着てくれー」

「ん……、ありがとー」

シャワーの水音に交じってゆいの返事が聞こえた。

風呂場の扉。曇りガラスの向こうにゆいの肌色のシルエットが見える。

……シャワーを浴びる時は当然、裸である。

――つまり今、この薄い扉の向こう側ではゆいが……。

想像しかけて、あわててぶんぶん頭を振って煩悩《ぼんのう》を振り払った。どうもさっき、ゆいをおんぶしてからそっちの方向に思考が行ってしまっている。

優真も男子。それも思春期真っ盛り。当然、そういったことには人並みに興味も欲求もある。見ないようにと思っているのについチラチラと視線が行ってしまう。曇りガラスの向こうの姿を想像してしまう。

「……ゆーくん？」

「ひゃあいっ⁉」

後ろから急に声をかけられて変な声を上げてしまった。振り返るとネネがニヤニヤと口元に笑みを浮かべていた。

「そんなところで何をしてるのかなー？」

「い、いや、俺は着替えを持ってきただけだぞっ⁉」

「ほー、そうなんだー、私はてっきりゆーくんがお風呂覗《のぞ》こうとしていたのかなーと」

「そ、そんなことするわけないだろ⁉」

「なるほどー、覗かなくても、すでに頼めば見せてくれる関係ということかしらー」

「だ、だからそんなわけないだろ⁉　俺とゆいはそんなんじゃ……」

「ゆい。なるほどあの子の名前、ゆいちゃんっていうんだー。んふふ～、少なくともすでに名前で呼び合っちゃう関係なのねー」

「……姉貴、一生のお願いだから部屋で大人しくしててくれ、頼むから」

「あらら、ちょっと意地悪しすぎちゃったかしら。うふふ、大丈夫大丈夫、二人の仲を邪魔する気なんて一切《いっさい》ないから。ごゆっくりー♪」

そう言ってネネは部屋へと戻っていった。……なんか、一気に疲れた。


しばらくすると、ゆいがシャワーを浴びて出てきた。

「シャワー、ありがとー……」

ゆいの格好は優真の中学時代のジャージ姿。

当然色気も何もないのだけれど、ぶかぶかな男物の服を着ている女子はなんだかそれだけでかわいく感じる。それに自分の服を女子が着ているというのはちょっと、ドキドキする。

一方のゆいは落ち着かなさそうにそわそわしていた。

友達の、それも男子の家に来るのなんて初めてなのだろう。緊張した様子で、ぶかぶかのジャージに埋もれるように身体を縮こまらせている。

それを見ていると優真の方も何となく気恥ずかしくなってきた。優真にとっても同年代の女子をこうやって家に連れてきたのは初めてのことだ。

「……コーンポタージュ、インスタントのやつだけど、飲む？」

「……ん。ほしい」

「わかった。ちょっと座って待ってろ」

キッチンへ行って二人分のコーンポタージュを入れる。お湯を注《そそ》ぐだけのやつなので作るのは簡単だ。

自分とゆいの分を入れてリビングに戻ると、ゆいは椅子にちょこんと座って待っていた。

「ほら。熱いから気をつけろよ」

「ん、ありがと……」

テーブルにマグカップを置くとゆいはそれをおずおずと手に取り、ついばむように口をつけた。

「あちっ」

「大丈夫か？　熱いから気をつけろって言っただろ」

「ん……」

今度は慎重に、ふーふー息を吹きかける。そしてあらためて一口。

「おいしい……」

ゆいはようやく落ち着けたようで、ホッとしたように息を吐く。そんな姿がなんだかかわいらしくて見ているとつい口元が緩《ゆる》んでしまう。

ただ――。

「…………」

「…………」

先程いろいろあったりしたせいで正直ちょっと気まずい。優真はゆいの正面に座り、無言のままこっそりゆいの様子を見る。

冷静になってみると、抱きしめたりおんぶしたり家に連れ込んだりとかなりまずいことをしたのではないだろうか。ゆいも女子なのだし、男の自分にあんなことをされて本当は嫌だったのかも。

少し不安になりながらも、コーンポタージュに口を付ける。

「あつっ」

ゆいに気を取られてつい迂闊《うかつ》に口を付けてしまった。そんな優真を見てゆいもくすくす笑っている。

頬《ほお》が熱を持つのを感じながら、今度は慎重に息を吹きかけてゆっくりとコーンポタージュを飲む。それにならうようにゆいも、ついばむようにコーンポタージュを飲んでいく。

――と、ゆいがスマホを取り出した。いつもの流れで優真もスマホを構えると程なくしてメッセージが届く。

『ユーマ、お姉さんいたんだね？』

『ああ。とは言っても血は繋がってないし一緒に暮らすようになったのもわりと最近だから歳の離れた友達って感覚だけどな。俺の親って再婚同士で俺も姉貴も連れ子なんだよ』

『つまり義姉⁉　何そのギャルゲーみたいな設定⁉』

『ギャルゲーとか言うんじゃねえ！』

『だって血の繋がってない姉と一つ屋根の下でしょ⁉　絶対何かフラグ立つやつじゃん⁉』

『立ってたまるか！』

『ねえねえ、実際何かないの？　ボクそういうの大好物なんだけど』

『二次元と三次元を一緒にするな。いくら二人暮らししてるからってフラグ立つとかあり得ないからな？』

『え？　二人暮らしって、ユーマのお父さんとお母さんはどうしてるの？』

『あー、親は今家にいないんだよ。仕事で海外に行ってるから基本俺と姉貴の二人だけ』

『もはやエロゲじゃん⁉』

『女子がエロゲとか言うんじゃねえ！』

そうやってチャットしているとはたと目が合った。すると目と目で通じ合うというか、あれこれ心配してたのが急に馬鹿《ばか》らしくなってきてお互いに表情を崩した。

その後はゆいを家まで送っていき、また帰ってきた。ベッドにごろんと横になり、今後のことを考える。

何はともあれ、ゆいが元気になってよかった。

それに雨降って地固まるというやつか、友達として……いや親友として、また一歩距離が近づいたような気がする。それは素直に嬉しい。

(けど……このままじゃきっと、今回の繰り返しになる)

現状、ゆいは自分がついていれば多少は出歩けるところまでは来た。けど、それだけではダメだ。

今はゆいが我慢して出歩けるようになっただけ。ここから先に進むにはゆいが自分に自信を持てるようにしてやらないといけない。

――ゆいは自己肯定感というものが低いのだろう。ずっとコンプレックスを抱えて生きてきたのだから無理もない。

(となると、そのコンプレックスを克服……とまではいかないまでも、少しでも軽くしてあげたいけど、どうしたもんかな……)

無理をさせればまたゆいを傷つけてしまうかもしれない。……あんなゆいの姿はもう見たくない。

そのままあれやこれやと考えて、ある考えが浮かんだ。

ベッドから立ち上がって部屋を出ると、姉のネネの部屋に向かった。

少し深呼吸して、扉をノックする。

「姉貴、入っていいか？」

「どーぞー」

扉を開くと、ネネはシャツにショートパンツというラフな格好でベッドでスマホをいじっていた。だが優真の顔を見るとベッドの上に座り直す。

「どしたの？　ずいぶん真面目《まじめ》な顔してるけど」

「……頼みがあるんだ」

そう言って優真は頭を下げた。

◆五話◆　コンプレックスと女騎士

「今日はいつもと違うところに行きたいと思うんだけど、いいか？」

「え」

昨日の一件から一夜明け翌日のお昼。ゆいの家の前。

ゆいはいつも通り優真《ゆうま》が迎えに来てくれたことにホッとした様子だったが、そう切り出すと途端に不安そうな顔をした。

「い、いつものネットカフェじゃ、ないの？」

「ああ、そうだな」

「………いつものネットカフェじゃ……ダメなの？　他のところに行くのは……ちょっと、こわい……」

ゆいは怯《おび》えた小動物のように不安そうにしている。そんな姿を見ているとついつい甘やかしてしまいそうになるが、そこはグッと堪《こら》える。

「一応再確認するけど、ゆいは今もコミュ障克服したくて、俺《おれ》はそれに協力するってことでいいんだよな？」

「……ん」

「オーケー。それで、この何日かでずいぶん俺には慣れてくれたよな？」

「……うん。少なくとも、緊張して声出ないってことはもう、ないよ？」

初めて顔を合わせた時のことを思い出す。

（ホントに……あの時はガッチガチだったからな……）

それが今では目を見て話してくれるようになった。それだけでも大した進歩だ。

けれど同時に、今のままだとこれ以上の進歩は望めないと思う。

優真は元々ゆいの友達だったこともあって、馴染《なじ》むことができた。

だが他の人はまだ厳しい。どうしても他人の前に出ると緊張してしまっている。

特に問題なのはゆいの白い髪に対するコンプレックスだ。

これを完全に克服……とまではいかなくても、少しでもマシにしてやらないと先に進めない。……もっと、自分に自信を持てるようにしてあげたい。

「俺も昔はぼっちでコミュ障だったたっていうの、まだ話してなかったよな？」

「え？　そ、そうだったの？」

「うん。まあ、何というか。俺もお前と同じで、お前とネトゲで一緒に遊んでるうちに友達欲しいなって思った感じで」

「……えへへへへ♪」

　ゆいは照れたようにふにゃっとした笑顔を浮かべた。

「なんか、嬉《うれ》しい。ユーマも、わたしと同じだったんだ」

「ま、まあな」

「けど、ホントにコミュ障だったの？　ユーマと初めて会った時から、『ユーマってコミュ力高いなー』って、思ってたんだけど」

「そこは周りに恵まれたというか、姉貴とかが協力してくれてな。姉貴ってやたらコミュ力高いから……ほら、昨日チラッと顔合わせただろ？」

「ん」

「で、お前さえよければ姉貴と会わせたいというか仲良くなってほしいというか……その、どうだ？」

「………」

　ゆいは少し不安そうに目を伏せた。

「……大丈夫、かな？　ユーマのお姉さん、わたしの髪……変だって思ったり、しないかな……？」

「いや、それは絶対大丈夫。その点だけは安心していい」

　優真が即答したものだから、ゆいは目をぱちくりさせた。

「ホントに、だいじょうぶ？」

「ああ。というか実はもう事情とか話してるんだけど、向こうも『ぜひ連れてきなさい』ってめっちゃ乗り気だったぞ。……あ、もちろんお前が嫌って言うなら無理強いはしないからその辺は……」

「……いい、よ？」

まだ怯えた様子ではあったけれど、それでもゆいはそう言ってくれた。

「ユーマが大丈夫って言うなら……ユーマのこと、信じてるから……」

ゆいから確かな信頼を感じる。それが嬉しいのだけどなんだか気恥ずかしくて、頬《ほお》が熱を持つのを感じた。

「よし、それじゃ行くか」

†

目的地は賑《にぎ》やかな駅周辺から少し離れたところにある。

多少距離があるのでバスを使った。十分程バスに揺られて向かった先は……。

「ええ……」

「あー……たぶんそんな反応すると思ってたけど一応美容院だからなここ」

街の中心から少し外れたところにある、個人経営の美容院『ワールドブレイカー』。……相変わらずラスボスの必殺技みたいな名前だな、と優真は苦笑いした。

看板にはハサミやくしを武器に戦う美少女達の姿が描かれている。これを初見で美容院と見破れる人がいったいどれくらいいるんだろうか。

入り口の横には『自分を変えたいあなたへ。今がその時』と書かれた立て看板。そこには綺麗《きれい》に髪を編んだ女の子が血を流しながらも戦う姿が描かれている。……変える方向おかしくないか？

ゆいは微妙に引きつった表情で優真を見上げる。

「………ここ？」

「いや、ここちゃんとした美容院だからな？　そんな不安そうな顔しなくて大丈夫だから」

「けど、貸し切り中って書いてるよ？」

「それ、俺達のためにしてくれたやつ」

「え？　ユ、ユーマ、それだいじょうぶなの？　お金とか……」

「大丈夫。この店経営してるの姉貴だから。まあ貸し切りにしてくれるって向こうから言い出した時は流石《さすが》にびっくりしたけど」

「お姉さん、若く見えたけどお店経営してるの？」

「ああ。ちょっと押しが強くて変わったところはあるけど、間違いなくいい人だからそこは安心してくれ」

「う、うん」

ゆいを緊張させないようになるべく笑顔で話す。

（……とはいえ実は俺もちょっと不安ではあるんだよな。姉貴って頼りになる時とならない時の差が極端だし）

過去のいろいろなやらかしを思い出して少し苦笑いする。とはいえいつまでもここに突っ立っているわけにもいかない。意を決して入り口のガラス扉を押し開ける。

「おじゃましまーす」

個性的すぎる店の外観と違い、店の中はおしゃれなカフェのような理容スペースが広がっていた。

優真が入るとゆいが後からおっかなびっくり入ってくる。あまりこういう場所には慣れていないようで、優真の背に隠れながらも物珍しそうに辺りをキョロキョロ眺めていた。

「姉貴ー？　来たぞー？」

「は～い、今行くね～」

店の奥に呼びかけると明るい声が返ってきた。

けれどそれとは裏腹にカシャン、カシャンと金属がこすれるような足音が聞こえてくる。

そして――店の奥からフルフェイスの兜《かぶと》とドレスアーマーを身にまとった女性が現れた。

「っ⁉」

ゆいが固まった。優真は現実を直視したくないかのように両手で顔をおおっている。

漫画とかアニメでしか見ないような――それ急所守れてないよね何で胸の部分ガバッと空いてるの？とつっこみたくなるようなドレスアーマー。

頭にはいかつぃフルフェイスの兜。そして手には身の丈ほどもある大剣（ハリボテ）。ネネのお気に入りのアニメキャラの格好だ。

「ふはははは！　待ちわびたぞ！　さあ、前世から続く我らの戦いに終止符を打つ時だ！」

「……っ⁉　っ⁉」

ポーズを決めていきなりそんなこと言われて、ゆいが軽くパニックになっている。無理ないと思う。

「……何やってんだ？」

「え？　いやー、人前だと緊張しちゃうタイプって聞いてたから緊張をほぐしてあげようと思って。あと第一印象って大事じゃない」

「第一印象それでいいのか？」

「あう……ゆーくんの目が冷たい……」

「とりあえず兜だけでも取ってくれ。それ、よくできてるけど見た目いかつすぎるから。ゆいが怖がってるから」

「はーい」

そう返事して兜を取る。中から出てきたのは綺麗に編んだ金髪の、まるでいたずらっ子のような無邪気な笑顔をしたお姉さん。優真の姉のネネだ。

ゆいは優真の背中に隠れながらおそるおそる様子をうかがっている。やはり怯えているようだ。インパクト強烈だしなこの人。

「……ゆい、大丈夫か？」

「う、うん」

ゆいはおそるおそる優真の背中から出てくる。

「こんにちはゆいちゃん。弟がお世話になってます。杉崎《すぎさき》ネネですよろしくね♪」

ネネはそう言って手を差し出す。

ゆいはオロオロして、確認するように優真を見上げた。優真が頷《うなず》くとおずおずと「はじめまして……上城《かみしろ》ゆい……です」と握手する。

そんなゆいを、ネネは握手したままジーッと見つめている。

「あ、あの……？」

「かっわいい～～～♡」

「むぐっ⁉」

ネネはゆいの手を引っ張るとたわわな胸に抱きしめた。ゆいがおっぱいで溺《おぼ》れてジタバタしている。

「ゆーくんこの子かわいいんだけど⁉　おどおどした小動物チックな感じが私の性癖にドスト

ライクなんだけど⁉　このままお持ち帰りしていい⁉　しちゃダメかな⁉」

「ダメに決まってるだろ何言ってんだ⁉」

「ダメ？　……そっかぁ」

「いやガチで残念そうにされても反応に困るんだけど……」

ネネの胸から解放されるとゆいはぴゅーっと優真の背中に戻ってきた。

「ユ、ユーマ……」

スマホを取り出してこっちに視線を送ってくる。

どうやらわたわたしすぎて声が出なくなってしまったようだ。チャットで話したいのを察して優真もスマホを取り出す。

ネネには事前にそこら辺のことも説明していたので特に何も言うことなく優真達の様子を見守ってくれている。

『ユーマこの人大丈夫⁉　ボク食べられちゃったりしない⁉』

『いや流石にそれは大丈夫だと思う。……たぶん』

『そこは自信持ってよ⁉　というかあれエッチなお姉さんじゃん⁉　漫画とかでしか見ないエッチなお姉さんじゃん⁉』

『いや確かにそんな感じだけどもっとオブラートに包め！』

そんなことを話しているとゆいが何かに気づいたようにハッとした。

『ユーマ、やっぱりお姉さんのこと好きだったりする？』

『何言ってんだお前⁉』

『だって親の再婚でできたエッチで綺麗なお姉さんとそういう感じになるのって定番でしょ？』

『どこの定番だよ⁉』

（いや実際のところは憧《あこが》れてた時期もあったけど！　いろいろからかわれて悶々《もんもん》としてた時期もあったけど！　仕方ないじゃん中学生の男子があんな胸に勝てるわけないじゃん！）

――と。

「ふーん、ゆいちゃんチャットだとこんな感じなんだ～。ホントに面白《おもしろ》い子なのね」

いつの間にかネネが優真のスマホを覗《のぞ》き込んでいた。

「ちょっ⁉　人のスマホを覗くのはマナー違反だろ⁉」

「まあまあ。ところで実際のところ、ゆーくんって私のこと好きだったりするの？　えー、ゆーくんがその気なら私も考えなくもないけどな～？」

楽しそうにそう言って腕を組み、豊満な胸を惜しげもなくアピール。

ガバッと開いた胸元《むなもと》から覗くたわわな胸はやはり凶悪で、ついチラチラ視線が行ってしまう。

――ちなみに本人には死んでも言わないが、優真が年上巨乳好きになったのは中学生の時にネネと出会ったのが原因だ。思春期男子にはちょっと刺激が強すぎた。

「やん……。ゆーくんったら、そんなにお姉ちゃんのおっぱい見て……恥ずかしい……」

「え、いや、あの、ちが……っ！」

「ゆーくんも男の子だもんね。仕方ないにゃあ、ちょっと揉《も》んでみる？」

「い、いいいいいから！　そういうのいいから！」

「うふふ♪　お姉ちゃんそういう初々しい反応大好きー♪」

「いや、もうホント勘弁してくれ……」

なんだか早くも疲れてきた。

ネネはくすくす笑うと、今度はゆいの方に目を向ける。

「で、ゆいちゃんゆいちゃん。ゆいちゃんもアニメとかゲームとか好きなんだよね？　私も好きだよ仲良くしようね～」

「あ……は、はい……」

「それでそれで、ゆいちゃんは薔薇《ばら》とか百合には興味ある子かな⁉」

「え？　え、と……お花とかは、あんまり……」

「あ～そういう意味じゃなくてね？　まあいいや、後で時間ができたらおすすめのやつ貸してあげるね？」

「は、はい……」

ゆいはさっきからネネの勢いに押されっぱなしだ。

一方のネネはご機嫌な様子。鼻歌交じりにゆいの後ろに回り、軽く肩を押した。

「さて、それじゃ行きましょっか」

「え……？　ど、どこ……」

「そりゃあここは美容院だもの。髪を切るから、そっちの椅子に座ってね」

「……っ」

髪の話をされて、明らかにゆいの身体が強張《こわば》った。

それを見て取ったネネは優しく微笑む。

「事情は聞いてるわ。白い髪がコンプレックスで、他の人に見られるのが恥ずかしいのよね？」

「…………」

ゆいはためらいがちにコクンと頷く。

「気持ちはわかるわ。人と違うって怖いわよね？　けどだからっておしゃれするの、諦《あきら》めてないかしら？　綺麗におめかしすればそれだけで自信が持てるものよ？」

「で、でも……」

「私はこれでもその道のプロだから、初対面ではあるけれど信じて任せてくれないかな？　大丈夫、絶対後悔させないから。ね？」

ゆいは「どうしよう？」と言いたげに優真の方を見る。

「大丈夫。こんなだけど姉貴、腕は確かだから」

「も～、ゆーくんったら失礼しちゃうわね！　ま、ゆーくんの言う通り腕は確かなつもりだから、そこは安心してね？」

ゆいはそれでもまだ不安そうで、すがるような視線をこちらに送っている。

「え……えと……ユ、ユーマ……」

「ん？」

「ユーマ、そばに……いて、ほしい……。お、お店で髪切るのとか……久しぶりで……緊張して……」

「普段は髪切るのどうしてるんだ？」

「お、お父さんかお母さんにやってもらうか……自分で……」

「あら。それじゃ私、責任重大ね。お客さまにリラックスしてもらうためだもの。私はいいけどどうする？　なんならついでにゆーくんもカットしてあげるわよ？」

「……じゃあ、ちょうど伸びてきてるし」

「オッケー。んふふ～♪　ゆーくんの髪切るの久しぶりだね～」

そんなこんなで二人並んで散髪が始まる。

首にマントみたいに布を巻いたゆいはやはりびくびくしていて、ガッチガチになって椅子の上で固まっていた。

「……緊張するようならゆーくんとチャットしててもいいわよ？　そっちの方が緊張もほぐれるでしょ？　ほら」

荷物棚に置いていたスマホを渡されると、ゆいはワタワタしながら受け取りチラチラとこちらを見る。

優真もスマホを受け取ると小さく頷いてチャットを始めた。

『美容院なんてホントに久しぶりだから緊張するよー』

そんなメッセージの後に涙目なアニメキャラのスタンプが送られてくる。

『悪い。無理させたか？』

『それはいいんだけど……どうしてわざわざ美容院なんかに連れてきたの？』

『いくつか理由はあるけど、一番は自分の力不足を感じたというか……悔しかったというか……』

『力不足？　悔しい？』

『お前、普通の俺には自分の気持ちなんてわからないって言ってただろ？』

『それ気にしてたの⁉　ホントにアレはつい言っちゃっただけだから気にしないで！　むしろボクの方が申し訳ない気持ちでいっぱいだから！』

『いや、実際わかってなかったと思う。お前のコンプレックスのこと知ってて、なのに俺はお前が恥ずかしいのを我慢して外を出歩けるようにしようとしてた。けど本当は、お前が自分のこと好きになれるようにしてあげるべきだったんじゃないかって』

『それは……ちょっと厳しいと思うよ？　昔からのコンプレックスだし……』

『何度でも言うけどお前めちゃくちゃかわいいからな』

隣でゆいが「ひゅいっ⁉」と変な悲鳴を上げたのが聞こえた。

優真も顔が熱くなっているのを感じたが、さらに続ける。

『お前が本当はかわいくて面白いやつなのに、よく知りもしないやつが好き勝手言って、それでお前が傷ついてるのが悔しかった。けど俺がどれだけ言葉で言ってもお前は納得しないだろうから、ここで綺麗にしてもらって、お前にお前がかわいいって認めさせてやろうと思って』

そう打っている間もどんどん顔が熱くなっていく。

（……ヤバい。打っててどんどん恥ずかしくなってきた。俺めっちゃくさいこと言ってない？なんかもう自分で打った文章読み返したくないんだけど）

これ以上は恥ずかしくて無理という意味を込めて赤面して手で顔を隠しているアニメキャラのスタンプを送る。

しばらく返事が来ないのでチラリと横を見てみると、ゆいも先程送ったスタンプみたいに手で顔をおおってしまっていた。

『ボクね。実際、自分のこと嫌いだったんだ』

しばらくしてそんな返事が来た。

『けどね、ユーマとこうやって毎日遊ぶようになって、ちょっとだけ自分のこと好きになれたんだ。ユーマとリアルでも会って、友達になりたいって言えたから』

その言葉に胸が熱くなるのを感じた。もう一度ちらりと横を見るとゆいも顔がまっ赤で、それでも一生懸命メッセージの入力を続けている。

『そりゃあコンプレックスはいっぱいあるし、どうしてこんな風に生まれちゃったかなーって思うこともあったけど。それでも勇気を出してユーマと親友になれたからボクは今の自分のこと好き。ユーマのことも大好き』

そのメッセージの後に『大好きだよ♡』というメッセージ付きのアニメスタンプが送られてくる。

……嬉しい。そんなにも自分との友情を大事に思ってくれていたと思うと胸にこみ上げてくるものがある。

優真の方からも『俺もお前と親友になれてよかった』と送ろうとして……ふと、さっきからネネの手が止まっていることに気づいた。

「……姉貴？」

「……ヤバいゆーくん。尊みが溢《あふ》れて尊死《とうとし》しそう……」

「俺達のスマホまた盗み見たな……ってうわっ⁉」

後ろからネネが抱きついてきた。――後頭部に感じたムニュン、という感触に思わず悲鳴を上げそうになった。

ネネはすぐに優真から離れると今度はゆいの方に抱きついた。ゆいが声にならない悲鳴を上げてジタバタしている。

「はー、ムリ！　もームリ！　私こういうのめちゃくちゃ弱いのぉ……。何よりゆーくんのコミュ障時代を見てるからなおさら尊いのよね。あのおどおどしてた男の子がこんなかわいい彼女連れてきてその子のために頑張って……はぁ、いい……」

「だ、だから俺とゆいはそういうのじゃないからな⁉」

「あ、ごめんごめん。〝まだ〟友達だったわね。いーよー、お姉ちゃんそういうのも大好きだよー」

ネネはなんだかもう恍惚《こうこつ》としてしまっている。


――そこから作業が再開されるまで十分程かかった。

流石に仕事中にあんな感じになってしまってバツが悪いのか、ネネにしては珍しく真面目《まじめ》な顔になっていた。

「ごめんなさいねゆいちゃん。私、興奮するとあんな感じになっちゃって」

「あ……う、ん……けど……」

「けど？」

「わたしとユーマが仲いいの……褒めてくれるのは、ちょっと嬉しい……です」

「……やだ、もしかしてゆいちゃん私のこと殺しに来てる？　またキュンってしたんだけど。落ち着けー、私落ち着けー」

そんなことをぶつぶつ言いながらもネネは作業を続けていく。

性格こそいろいろとアレだけれど、ネネの腕は確かだ。迷いのない動きでゆいの髪をチョキチョキ。床に落ちる絹糸のような髪が少しずつ増えていく。

「せっかくの綺麗な髪なのにあんまりお手入れには気をつかってない感じね？　顔もすっぴんだし服も野暮《やぼ》ったいし……おしゃれに気をつかってないというか、自分がおしゃれすること自体恥ずかしいって思ってない？」

「あ……えぅ……は、はい……」

「だめよー。いい？　おしゃれは乙女の武装みたいなものなの。こだわればこだわるほど、乙女は強くなれるのよ？」

「けど、わたし……変、だし……」

そう言ったゆいに、ネネは後ろからそっと腕を回した。

さっきまでのドタバタした感じではなくて、まるで母親が自分の子供を抱いているような優しい抱擁。

「ねえゆいちゃん？　ゆいちゃんから見て、いい歳《とし》してコスプレとかしてる私は変かしら？」

「え、あの、えと」

「別にいいのよ正直に言ってくれて。その辺は承知の上でやってるんだから」

ゆいはしばらく迷った後、ボソボソと口を開いた。

「かっこいい……って、思い、ます」

「あら？」

「自分の好きなこと、それだけ堂々とできるの、すごいなって」

「うふふ、なんだわかってるじゃない」

ネネはふわふわとゆいの頭を撫《な》でる。

「いいゆいちゃん？　変わっているというのは劣っているということではないの」

「……っ」

静かだけど、迷いのない力強い言葉。その言葉にゆいが息をのんだのを感じた。


——ネネは昔は品行方正で、真面目な優等生タイプだったそうだ。

けれどコスプレとかが大好きで裏でこっそり活動していて……ある日いきなりそういうのに関《かか》わる道に進みたいと言い出して親と大喧嘩《おおげんか》したあげく家を飛び出したんだとか。

ネネが優真やゆいにやたらと親身なのもその経験からだ。自分を変えたいとか、一歩踏み出したいと思った人を放っておけないらしい。

……ちなみに家を飛び出した後は一人でお店を立ち上げ、たった数年で大成功していくつかの支店を作った上で凱旋《がいせん》してきた何気にすごい人だったりする。

「あなたはもっと自信を持っていいわ。すっごくかわいいんだし、こんな綺麗な髪、欲しいと思ってもそうそう手に入るもんじゃないもの」

「う、うん」

「何よりあなたには、あなたのために頑張ってくれるゆーくんっていうお友達がいるんだもの。それは誰《だれ》にだって自慢できる、素晴らしいことよ?」

「ん……」

ゆいは小さく頷くと、照れくさそうに顔を赤くしながらチラッと優真の方を見た。

……こちらも頰が熱い。けれど頷いてやるとゆいは「えへへ♪」と嬉しそうに笑った。

「あーもうダメダメまたキュンときちゃったせっかく久しぶりに真面目モードで話してたのに～。うふふ♪　いいもの見られたわありがとねゆーくん」

「こちらこそ今日はありがとな。わざわざお店を貸し切りにしてくれるなんて……」

「いいのいいの、かわいい弟とその友達のためならこれくらい」

そう言うとネネは手を止めて優真の前に回り込むと、ジッと優真の顔を覗き込んだ。

「な、なんだよ?」

「いや、ゆーくんもちゃんと目を見て話せるようになったなーって。初めて会った時なんて目が前髪に隠れてていかにもって感じだったのに。うんうん立派になったわね～」

「……いや、俺なんて一人じゃ何もできなくて。結局こうやって姉貴に頼ってるし……いてっ⁉」

ぺちんとデコピンされた。

「ゆいちゃんを助けようと決めたのはあなた。実際に会っていろいろ行動したのもあなた。自分の力だけでは足りないと判断して、私に頭を下げたのもあなた。はい胸を張って張って。そんなこと、誰にでもできることじゃないんだから」

くすくす笑って、ネネは作業を再開する。

デコピンされた額をさすりながら『やっぱり敵《かな》わないな』と優真は小さく笑った。

†

そんなこんなあったが、作業は続いていく。

「あ、ゆいちゃんもまおしつ読んでるんだ。私も好きだよー。どのキャラが好き？」

「えと……フィーちゃん」

「フィーちゃんいいよね～。セーラ様と絡《から》んでるところとか百合の波動をぎゅんぎゅんに感じちゃうよね～」

「う、うん？」

ゆいは最初のうちはガチガチに緊張していたが、やり取りしているうちにずいぶん肩の力も抜けたようだ。

ネネも流石はプロというべきか、ゆいの話を上手に引き出してくれている。

そうしてカットやシャンプー、さらにメイクまで一通りやってもらった。

「頭……軽い……」

作業が終わった後、ゆいは鏡を見ながらどことなくポーッとした表情で呟《つぶや》いた。

髪を一房手に取り、すんすん匂《にお》いを嗅《か》いでみたりしている。

「さらさらでふわふわ……それに、なんだかいい匂い……」

「うふふ、気に入ってもらえたかしら？」

「ん……」

気に入っているのは一目瞭然だ。最初来た時は鏡を見るのも嫌そうだったのに今は鏡をジッと見つめ、いろんな角度から眺めている。

「ユ、ユーマ」

ゆいがこちらを向いた。

——普段からゆいのことはかわいいと思っていたけれど、今はレベルが違った。

プロの手でメイクされた顔は、メイクしたっていうのはわかるのに厚化粧感が全然ない。元々の肌質を最大限活《い》かした乳白色のきめ細かな肌。桜色の柔らかそうな唇。丁寧にシャンプーされ整えられた髪は淡い光沢があって、頭頂部の辺りで天使の輪を作っている。

以前ネットで見かけた最高級ドールを思わせるような、文句なしの美少女がそこにいた。

「ど、どう……かな」

いつもの不安そうな表情とは違う。『かわいい』と言ってもらえるのを期待している。……優真に『かわいい』と言ってもらいたがっている。

そう思うと何故《なぜ》だか胸がドキドキしてしまう。なかなか『かわいい』という一言が出てこない。

「か、かわいいんじゃないか？」

どうにか不器用に絞り出す。

いつもよりもさらにぎこちない感じになってしまったのに、それでもゆいは嬉しそうに「えへへ♪」と顔をふにゃふにゃさせていた。……あと何故かネネが胸を押さえている。

「喜んでもらえたようで何よりね。あとは～、はいこれ」

ネネがゆいに紙袋を手渡す。ゆいは頭にクエスチョンマークを浮かべて首を傾《かし》げた。

「うちで使ってるシャンプーとか分けてあげる。次からは流石にタダとはいかないけど、業務用で安く仕入れてるからなくなったらまた来なさい」

「え、あ、でも……」

「いいのいいの遠慮しないで。むしろいいもの見られたからこっちがお金払いたいぐらいだもの。ふふっ、青春っていいわねぇ～♪」

「あ、あの……きょ、今日はありがとうございました！」

ゆいは頑張って声を張る。

「わ、わたし、こういうとこ、苦手で、だけど今日、楽しくて……それで、ユーマにかわいいって言ってもらえたの……嬉しくて……」

「んふふ、何を終わった雰囲気になってるのかしらゆいちゃん」

「え？」

「むしろ私的にはこれからが本番なんだけどな～」

「え？　あの、え？　これから……？」

「そりゃあ、髪をセットしてお化粧してってなったら次は服でしょ。いや、美少女に野暮ったかったり芋っぽかったりする格好ってのも擦れてない感じがして個人的にはあり寄りのありなんだけどね？　やっぱりせっかくなんだしここは着飾りたいじゃない？　いろんな格好させてみたいじゃない？　というわけで行こうかゆいちゃんいざ無限大の彼方へ！」

「あっ、ちょっ、ユ、ユーマ～……」

ゆいはそのままネネに腕を摑《つか》まれ連れていかれてしまった。

「……テンション上がってるなぁ……」

そこはかとなく不安になりながら、優真も後を追った。

美容院『ワールドブレイカー』。その隣には併設されたブティックがある。

店名は『リバース　オブ　ザ　ワールド』。こっちの看板では最終回限定の最強フォームみたいな格好をした美少女が描かれている。これを初見でブティックだと以下略。

何はともあれ二人を追ってブティックに入った。

この店は少し変わっていて、普通の服もあるのだけどマニアックな衣装というか……いわゆるコスプレ衣装専門のコーナーが設けられている。

ネネは迷いなくそこに行くと、いろいろと服を選び始めた。

「んー、どれがいっかなー。あ、これいいなー。こっちも捨てがたいなー。よっし全部着せちゃおう」

「え、あの、え?　え?」

あちこちから普通の服屋では見たことのないような服を持ってこられて、ゆいは目を白黒させている。

「ようしそれじゃまずはこれとこれ！　さーいくよゆいちゃん！」

「ユ、ユーマぁ……」

「えっと……姉貴？　ほどほどにな？」

「大丈夫大丈夫私を信じて、最高にかわいくしてあげるから」

ゆいは試着室へと引っ張られていく。助けを求めるような視線を送っていたけれど、ここはネネを信じて見送ることにした。

「あうぅ……」

「ほらほらバンザイして、服脱いで……やーんかわいいー♡　すべすべー♡　ぷにぷにー♡」

試着室からそんな声が聞こえてくる。

「お、おーい、ゆいー。大丈夫かー」

「う、うん……何とか……」

「姉貴、本当に、本当に変なことはするなよ？」

「大丈夫だって。私を信じなさい。はぁ……それにしてもゆいちゃんかわいい……お肌すべすべ……美味《おい》しそう……じゅるり」

「もしもし警察ですか」

「きゃー!?　うそうそ冗談！　冗談だから！」

「ゆいも本当に無理なら言えよ？　すぐにやめさせるから」

「だ、だいじょうぶ……。……ユーマが近くにいてくれるなら、怖くないから……。それに……」

「それに？」

「……また、ユーマにかわいいって、言ってほしいし……」

その言葉にまたドキリとしてしまった。あとネネの「はうっ⁉」という変な声が聞こえた。

そこからは先程までと比べると静かになった。

シュル、シュルという衣擦れの音と着替えを手伝うネネの声だけが聞こえてくる。

（このカーテンの向こうで今、ゆいが着替えしてるんだよな……）

一瞬想像してしまって、ブンブンと頭を振った。

「んじゃ最後にこのカチューシャ着けてぇー。うん完成！　かわいいよーゆいちゃん♪」

「ほ、ほんとにこの格好でユーマの前に出るんですか……？」

「えー？　かわいいでしょー？」

「か、かわいい、けど……」

「よーし自分でかわいいって認めたね！　そんじゃご対面～♪」

「あっ⁉」

シャッとカーテンが開かれる。

――かわいいがそこに立っていた。

ゆいの服はいわゆるメイド服。メイドカチューシャに純白のエプロン、たくさんのフリルがついたオーソドックスな感じのやつだ。

服自体は似たようなのをメイドカフェとかで見たことがある。

だが、それをいつも一緒に遊んでいるゆいが着ていて、それを恥ずかしそうにもじもじしている姿を見ていると……うまく言葉にできない感情が湧き上がってくる。

声が出ない。言葉を失ったまま、ただゆいの姿を見つめてしまう。

そんな沈黙に耐えられなくなったのか、ゆいはスマホを操作し始めた。

『何かリアクションしてよぅ！　これすっごく恥ずかしいんだから！　何もリアクションしてくれないのが一番辛《つら》いから！』

「あ、ごめん、えと……かわいい」

今までにもゆいのことをかわいいと言ったことは何度もあるけれど、今回のは何というか、本当に心を奪われたような感じになってしまった。

優真《ゆうま》がそう言うと元々赤かったゆいの顔がますます赤くなり、スマホで顔を隠してしまった。

「だ、大丈夫か？」

「う、うん。なんか、変……。恥ずかしい、のに……すっごくうれしい……」

その後しばらくお互いに無言になってしまう。気恥ずかしくて次の言葉が出てこない。ネネはめちゃくちゃ満足そうな笑顔で二人のことを見守っている。

「あ、あの……ネネ、さん……」

意外にも先に口を開いたのはゆいの方だった。

「ん？　どーしたの？」

「他の、服……」

「他の服？」

「他の服も、着てみたい、です。ユーマに、見せたい……」

　ゆいが恥ずかしそうにそう言うと、たちまちネネの顔もまっ赤になった。

「よーし任せてゆいちゃん！　ただちょっと待ってね！　今のゆいちゃんかわいすぎだから萌《も》えすぎてやばいからちょっと待ってあーやばいもーやばい落ち着け私！　ゆーくん今日はこんなかわいい子連れてきてくれて本当にありがとー！」

　そんなことを叫びながらネネは他の服を取りに走っていってしまった。


　そこからはゆいのファッションショーみたいなことになった。

　ナース服だったり和服だったりゴスロリだったり白ロリだったり。

「こ、これとか、どうかな？」

　顔をまっ赤にして感想をねだってきたゆいの格好はチャイナドレスだ。

　かなりがっつりとスリットが入っており、白い太ももが惜しげもなく晒《さら》されている。それが恥ずかしいようでもじもじしているのに、何かを期待するような目でこちらを見上げている。

「は、恥ずかしいなら断ってもいいんだからな？」

「は、恥ずかしい……けど、ユーマにかわいいって言ってもらえるの……うれしいから……」

その言葉にまた胸がキュンとしてしまうのを感じた。

（またこいつはそういう誤解を招きそうなことを……！）

どうにか態度に出てしまわないように必死に耐える。ネネもゆいの後ろで顔をおおって悶《もだ》えている。

……本音を言うと、優真もゆいがどんな格好を見せてくれるか楽しみになってしまっている。着替えている間はけっこう待たされるのだが、それも苦にならない。むしろその時間が焦《じ》らされているような感じになってますます胸が高鳴ってしまう。

何よりあのゆいが、自分に見てほしいからとこんなファッションショーのようなことをやっているのだ。これでドキドキしないわけがない。

「ネネさん、他はどんなの、ありますか？」

「うふふ～、のってきたねゆいちゃん。それじゃそうね……あ、ゆいちゃんもまおしつ読んでるんだよね？」

ゆいはコクリと頷《うなず》いた。

「で、フィーちゃんが一番好き……と」

ゆいはコクコク頷く。

「よし、それじゃちょっと待ってね」

ネネが服を取りに行ってまた戻ってきた。カーテンが閉められる。

そしてしばらくして出てきたのは……フィーのコスプレをしたゆいだった。

中世ヨーロッパな感じの、落ち着いた色合いのドレス。ゆいの元々の白い髪。恥ずかしそうな表情。完全にフィーのキャラにはまっていた。

「いや～、実はちょっと前に作ってたんだけど私だと胸大きすぎ背高すぎだったから着られなかったのよね～」

ネネは楽しそうにそんなことを言う。

「フィーちゃんって作中だとロリキャラだけどそっちに合わせると違和感出るからさ、フィーちゃんが少し成長した姿をイメージしてみたんだけどどうかな？　いやー、ゆいちゃんみたいな似合う子が着てくれて私も嬉《うれ》しいよー。なんかもうピタッとはまってるってゆうかさ。ほらほら見て見て、ここのフリルとかめっちゃ作るの苦労してさー」

ネネも自信満々に胸を張って早口で説明してくる。

けれどその説明はほとんど頭に入ってこなかった。

一目見た瞬間、心臓が跳ねるのを感じた。見惚《みと》れてしまって、頭が回らない。

「ど、どう……かな……？　似合ってる、かな？」

ゆいが自分に感想をねだってきている。

ここで『かわいい』と言って褒めてやるのが正解のはずなのに声が出ない。

ジッと見つめてしまって、自分がガン見してることに気づくと途端にそれが恥ずかしくなって、つい視線を外してしまった。

「や、やっぱり変だったかな……？」

「い、いや、そうじゃなくて……」

ゆいがしょんぼりし始めているのに気の利いた言葉が頭に浮かばない。そうしているとネネが助け船を出してくれた。

「んふ〜。違うよゆいちゃん。ゆーくんはゆいちゃんがあまりにもかわいいから固まっちゃってるの。ほらほら、顔が耳までまっ赤でしょ？　男の子ってそういうもんなの」

「そ……そう、なの……？」

ゆいの言葉に辛うじて頷く。

「うん……その、かわいい……」

どうにかそれだけ絞り出す。ゆいの顔も耳までまっ赤だ。恥ずかしそうに顔を伏せ、それでも嬉しそうに口元が緩《ゆる》んでいる。

「ね、ねえユーマ？　頭、撫《な》でて？」

「へ？」

「なんか、今。ユーマに頭、撫でてほしい……触ってほしい……」

いろいろと誤解を招きそうな言い方だったが、それを注意する余裕すらなかった。言われた通りに頭を撫でてやる。

ゆいの髪は柔らかくて、さらさらしてて、撫でているこちらも気持ちいい。

そろそろやめようかなと思って手を止めると『もっと』とおねだりするように手に頭を押しつけてくる。

ゆいは目を細めて幸せそうに優真に撫でられていて、いつもとは逆に優真の方が緊張してしまっている。……ずっと胸がドキドキしている。あとネネがなんか床を転げ回っている。

「ねえねえゆいちゃん、せっかくだから撮影していかない？」

「さ、撮影？」

「そうそう。ゆいちゃんコミュ障克服目指してるんでしょ？　度胸をつけるためにもさ。ねえねえ撮影しない？」

「え、えと……」

「というか撮らせて！　だってゆいちゃんこんなにかわいいもん！　撮りたいって思うのが人情じゃない⁉　ね？　ゆーくん？」

「え、あ、まあ……うん」

正直、気持ちはわかる。

写真に撮って今のゆいの姿を残したい。

スマホの待ち受け……は他の人に見られたら恥ずかしいので流石《さすが》にやらないが、嫌なことがあった時とかに見て癒やされたい。

「ユ、ユーマも……」

ちょん、とゆいは優真の袖《そで》をつまんだ。上目づかいに見上げてくる。

「ユーマも一緒にしてくれるなら……いいよ？」

そう言われて、ほとんど反射的に頷いていた。——もう今のゆいは反則だ。おねだりされたら断れる気がしない。

「オッケー。決まりね。それじゃゆーくんも着替えた着替えた～♪」


そうして優真も『まおしつ』の主人公で執事のマオのコスプレをすることになった。

ネネが持ってきた執事服に袖を通して、髪もそれっぽく固めてもらってゆいのところに戻る。

「……よう」

照れくさくてついぶっきらぼうに言った。そんな優真をゆいはジーッと見つめている。

「ほら、ゆいちゃん。ここは感想言ってあげるのがマナーだよ」

「あ、う、うん。その、ユーマ、似合ってる。かっこいい、よ？」

お世辞だっていうのはわかっている。けれど今のゆいに言われるとやはり胸が高鳴ってしまう。顔がにやけそうになるのを必死に我慢する。

「そんじゃ、ちょっと私は撮影の準備してくるから」

ネネはそう言っていってしまった。優真とゆいが二人で残された。

「…………」

「…………」

「に、似合ってるなその格好」

「う、うん、ありがと……。ユーマも、似合ってる……」

「…………」

「…………」

沈黙。

普段なら優真の方から何か話題を振るところなのだが、言葉が出てこない。ただ心臓の音がいやにうるさい。

「準備できたよー。こっち来てー」

奥からネネの声。沈黙が破られたことにホッとした優真に対して、ゆいは肩に力が入った。

「どうした？」

「あ、えと、撮影、勢いでオッケーしちゃったけど、わたし写真苦手だった……」

ゆいはどうも撮影に行くのをためらっているようだ。

(そうだ緊張してる場合じゃなかった。ゆいをここに連れてきたのは俺《おれ》なんだ。俺がゆいの緊張をほぐしてやらないと)

ふと、ゆいと初めて一緒にネットカフェでゲームした時のことを思い出した。

(ゆいが俺の地声——低音の声を気に入って、それに対して俺がなんか少女漫画っぽい台詞《せりふ》を言ったらゆいのツボにはまって……よし、あれだ。この場でゆいの緊張をほぐすならあれしかない)

ちょうど今の優真はまおしつの主人公であるマオの格好で、ゆいがヒロインの一人のフィーの格好。

(なら作中で、初めての舞踏会で緊張してるフィーをエスコートしたシーンに重ねて……)

ゆいの前に跪《ひざまず》いた。「ど、どうしたの?」と不安そうなゆいに渾身《こんしん》のキメ顔とイケボで——。

「安心しろ、俺がついている。……どうぞお手を、お嬢さま」

そう言って手を差し出した。

——ボッと、ゆいの顔が火が出そうなほどまっ赤になった。

(あ、あれ? なんかこの前と反応違うくない?)

ゆいは少しの間恥ずかしそうに視線をうろうろさせた後「よ、よろしくお願いします……」

と、おずおずと優真の手に自分の手を重ねる。

(ちっさ⁉ 柔らかっ⁉)

想像よりもずっと小さくて柔らかい手にびっくりした。こんなに細くて小さいのにどうしてこんなに柔らかいんだろう。

そのままそっと手を握る。

立ち上がって、ゆいの手を引いていく。

心臓がさっきからバクバク鳴っている。手汗がすごくて、気持ち悪がられてたりしないかと心配になってくる。

――ゆいは今、どんな表情をしているんだろう？

もはやそれを確認する余裕すらない。ただ、繋《つな》いだ手をキュッと握り返してくれている。それがなんだか嬉しかった。


店の奥には撮影用の小さなスタジオがある。

撮影場所である一面緑色の壁（これは後でパソコンで背景を合成するらしい）の前に立つ。

撮影用のライトが向けられ、見るからに高そうなカメラを持ったネネがウキウキしながらカメラの設定をいじっている。

「それじゃ、撮るよー……ってゆーくん表情かたーい。ゆいちゃんも背中に隠れてないで出てきてー？」

かっこよくゆいをリードしてあげたいところだったが、カメラを向けられるとつい優真も緊張してしまった。

ゆいに至っては完全に優真の後ろに隠れてしまっている。もっとも、作中のフィーもだいたいこんな感じのキャラなのである意味忠実な原作再現ではあるのだが。

それでもどうにかパシャパシャと撮影して、どんな感じに撮れたかを確認する。

……はっきり言って、優真の方はなんというか、衣装に着られてる感がすごい。

作中のマオが高身長イケメンだもんで、明らかにいろいろ足りてない。おまけに何枚か目をつぶってしまっている。

けれどゆいの方ははまり役だった。怯《おび》えた表情やおどおどしながら恥ずかしがってる感じが自然で、完璧《かんぺき》な原作再現。演技してる感が全然ない。演技じゃないのだから当たり前と言えば当たり前だが。

「か、かわいく撮れてる……かな？」

「おー、かわいいかわいい」

照れくさくてまたぶっきらぼうに言ってしまう。

なのにゆいは、優真がかわいいと言うたび嬉しそうで、ネネもそんな二人を見ながらだらしない笑顔を浮かべていた。

「せっかくだから作中であったシーンを再現してみるのはどうかしら！　背景は私が頑張っちゃうから！　ねえねえ、こんなシーンとかどう？」

ネネがスマホを操作して、マオがフィーをお姫さま抱っこしているシーンを出してきた。

「い、いや流石にこれは……」

お姫さま抱っことなると、当然ゆいの身体にがっつり触ることになる。

別にあらぬところを触るわけではないが、それは流石にまずいんじゃないかと思っていると……ゆいがクイクイ、と袖を引いてきた。

「や、やってみたい……」

「へ？」

正直意外だった。普通に立っているだけでも恥ずかしそうにしていたのに、ゆいの方からこんなことを言ってくるなんて思わなかった。

「ユーマと一緒にいろんなことするの、楽しいから……もっと、いろいろ……やってみたいなって……」

「…………っ」

そんな何気ない言葉でさえドキドキしてしまう。だが親友がこんなことを言ってくれているのだ。自分が尻込《しりご》みするわけにはいかない。

「よ……よし、いくぞ」

「きゃっ⁉」

ゆいをお姫さま抱っこした。

前におんぶした時も思ったが、ゆいの身体は軽い。そして柔らかい。

ドキドキしているのを顔に出さないように気をつけてそのまま写真撮影を続行。

その後もマオがフィーに魔法を教えているシーンや、フィーの手の甲に口づけする（本当にするのはやばい気がしたので真似《まね》だけにした）シーンなど、いわゆる名場面と言われるものを再現していった。

そしてその後は撮った写真をパソコンに取り入れて、背景や魔法のエフェクトなんかを合成してもらって――。


全部終わって帰路についたのはもうとっぷりと日も暮れた頃だった。

帰りのバスで、優真とゆいはチャットで今日のことを話していた。

『悪い、すっかり遅くなっちゃったな。門限とか大丈夫か？』

『うん、大丈夫。遅くなるって連絡しといたから。むしろボクにそれだけ一緒に遊べる友達ができたの、喜んでたよ』

――ゆい自身、この短い時間に起きた自分の変化に気づいているだろうか？

ネネの店に行くまではおどおどして、背中も丸くなっていて表情も硬かった。

けれど今はちゃんと背筋が伸びていて、楽しそうな笑顔を浮かべている。それに綺麗《きれい》にお化粧をしていて、服もネネがコーディネートしたものだ。

　ゆいは優真と話すのに夢中で気づいていないようだったが、バスに乗るまで道行く人がチラチラこちらを見ていた。その理由はきっと、ゆいの白い髪が珍しいからだけじゃない。

　ただ一つ、問題があるとすれば……。

『ボクね、今日ユーマにお店に連れていかれた時は、正直今すぐ帰りたいって思った』

『それはごめん。もうちょっとちゃんと説明しとくべきだったな』

『ううん、たぶん説明されてたらボク、行く前に断ってたと思うから。ネネさんいい人だね。コスプレとか初めてだったけど、優しくしてくれて、いっぱい褒めてくれて』

『あー……一応言っとくとあれはそういうハートフルな理由だけじゃないぞ？　見込みのある新人が来たからつかまえてコスプレ沼に沈めようとしてるんだ』

『そんな怖い理由なの⁉』

　チャットしながらゆいは楽しそうに笑っている。

（かわいいんだよな、やっぱり……）

　その笑顔をもっと見ていたいと思ってしまう。かわいがって、笑わせて、幸せにしてあげたいと、そう思ってしまう。

「？　ユーマ、どうかした？」

「い、いやなんでもない」

つい視線をそらしてしまった。

ごまかすためにこの間ネットで見つけた『グランドゲート』のスーパープレイ動画を送ったらあっさりそっちに夢中になってしまった。

しばらくしてバスを降り、他愛《たあい》もない話をしながらゆいを家まで送っていった。

「あ、お父さんとお母さん、もう帰ってるんだ」

家の中から聞こえてくる談笑を聞いてゆいは呟《つぶや》くように言った。

「そうか、遅くまで連れ回しちゃったし、あらためてお前の方から謝っといてくれ」

「ん」

「それじゃ、またな」

そう言ってきびすを返した……その時だ。

「……ユーマ」

突然、ゆいが優真の手を両手でギュッと握って引き留めてきた。

「……ゆい?」

「あの……あの、ね?　えっと……その……えっと……」

真剣な表情。恥ずかしがりながらも必死に何か伝えようとしている。

「……っ」

そんな姿につい『告白』の二文字が頭に浮かんでしまった。ゆいは深呼吸して、そして……。

「こ、これからもずっと、友達でいてね？」

ずっこけそうになった。

「お、おう？　何を今さら」

「だ、だってわたし、ずっとユーマにお世話になりっぱなしで、何もお返しできてなくて……だから不安で……」

「そういうのは言いっこなしだろ。気にするな」

「う、うん。……け、けど何かあったら言ってね？　わたしにできることなら、何でもするから」

「ちょ、おまっ⁉　な、何でもって……」

「？」

「じょ、女子が何でもとか言うなよ……」

「…………っ⁉」

少し考えた後、どうやら優真が何を想像したのか気づいたらしい。顔をまっ赤にしてわたわた手を振り回す。

「ち、ちがっ⁉　わ、わたし、そんなつもりじゃなくて……！」

「わかってる！　わかってるから！　あーもうとにかくこの話はおしまい！　いいな⁉」

「う、うん」

――おしまいとは言ったものの、なんだか変な空気になってしまった。

恥ずかしさをごまかすためにガシガシと頭を搔《か》く。

「何度も言うけど俺はお前といるのが楽しくて一緒にいるんだ。だからいちいち不安がるな。その……親友、だろ？」

「……っ！」

照れながら言ったけれど効果はバツグン。ゆいは「う、うん！　えへへ……♪」と嬉しそうに笑っている。

（チョロすぎるだろこいつ。……いや、あんまり人のこと言えないか）

ニコニコしているゆいを見て、こっちまで嬉しい気持ちになってしまっている。もっと喜ばせたいと思ってしまっている。

気がついたら自然と手が伸びて、ふわふわとゆいの頭を撫でていた。

ゆいは目を閉じて気持ちよさそうに撫でるのを受け入れてくれている。

そんな姿を見ているとキュッと胸が締め付けられるような感覚がして、ドキドキして……少しだけ苦しい。

「そ、それじゃもう遅いし。帰るな？」

「うん。また明日ね」

背を向けて、早足で歩いていく。

ゆいが手を振って見送ってくれてる気配を感じるけど、振り返らない。

……自分とゆいは親友同士だ。

その関係が楽しいし気に入ってる。

これからもずっとこの関係が続けばいいと思っている。

――けど。

もしもさっきのゆいの言葉が『付き合ってください』とかだったなら、自分はなんて返事しただろうか？

（違うから！　ゆいとはそんなんじゃないから！）

ブンブン首を振って、頭に湧《わ》いた妄想を振り払った。

幕間　何かお返しできること

「ただいまー」

ゆいが家に入ると、すぐにお父さんとお母さんが玄関まで出迎えに来た。

「おかえり、ゆい。ずいぶん遅かったね」

優しそうなお父さんは愛娘《まなむすめ》が無事に帰ってきたことにホッとしたような顔をした。

「ん……ごめんなさい。心配した？」

「いや……おや？　髪を切ったのかい？」

「うん。友達が美容院、連れていってくれた」

ゆいがそう言うとお母さんが嬉《うれ》しそうに微笑む。

「ゆいにもそんな友達ができたのねぇ」

「ん。親友、だよ。すごく優しくて……大好き♪」

「あらあら。ゆいがそんなこと言うなんて」

「何はともあれお腹空《なか》いただろう。ご飯にするかい？」

「うん！」

そうして家族三人でテーブルにつき、一緒に晩ご飯を食べる。

その中でゆいは今日あった出来事を楽しそうに語っていた。

「それで友達と一緒に髪切って、お化粧して……あ、髪のお手入れの仕方とかも教えてもらってね？　さっそく今日試してみようかなって」

お父さんとお母さんは愛娘の話をニコニコしながら聞いていた。

二人は心配していたのだ。なにせゆいはこれまであまり学校に行けておらず、コンプレックスから来るコミュ障でろくに人と話せなかった。

これでは高校に入っても友達もできず、最悪いじめられてしまうのではないかと。

けれど入学前にいい友達ができたようだ。正直ネットでできた友達に会いに行くと言われた時は不安でいっぱいだったが、話を聞く限りずいぶんゆいの世話をやいてくれているようだし一安心だ。

きっと〝お姉さん気質な女の子〟なのだろうなと、そんな想像を巡らせる。

「しかしゆい。いくらそのお友達と遊ぶのが楽しいからと言っても、あまり遅くなってはいけないよ？　特に最近は物騒だし」

「ん。けど大丈夫。家までいつもその友達が送ってくれてるから」

「しかしそれだと今度はそのお友達が家に帰るまで一人だろう？　話を聞く限りしっかりした子みたいだけど、それでも夜間に女の子の一人歩きは……」

「？　わたしがいつも話してる友達、男の子だよ？」

そう言われた瞬間、お父さんは目をぱちくりさせた。

「………へ？」

「あれ？　言ってなかった？　わたしの友達、杉崎優真《すぎさきゆうま》っていう男の子だよ？」

その言葉にお母さんは「まあ！」と目をキラキラさせて口元をおおっているのに対し、お父さんはしばらくポカンと口を開けてしまっていた。

何秒かして我に返り、コホンと大きく咳払《せきばら》いする。

「待て、待った、待ちなさい。えっと……つまり、なんだね？　今まで毎日遊びに出かけてたのは、その杉崎優真くんという男の子だったと？」

「そ、そうだけど……」

「これまで二人でネットカフェの個室に入り浸ってたり、腕にしがみついて一緒に帰ったりした相手が男の子だと？」

「う、うん」

「ち、ちなみに、それ以上のことはなかっただろうね？　相手の家に行ったりだとか……」

「え、あるけど……」

いよいよお父さんは固まってしまった。

ゆいは『どうしたんだろう？』と様子をうかがっている。

「あー……その、なんだ。ゆいはその、杉崎優真くんという子のことが、好きなのかい？」

「？　うん、好きだよ？」

「そ、そうか。ま、まあゆいももうすぐ高校生だしね。ただ、その……相手の家に行ったというのは……その、間違いはなかっただろうね？」

「まちがい？」

様子がおかしいお父さんにゆいは首を傾《かし》げる。

そしてしばらく考えて……お父さんが何を心配しているのか気づいてワタワタし始めた。

「ち、違うよ？　ユーマは友達で、好きっていうのも友達としてって意味で、家に行ったのも雨で濡《ぬ》れちゃったからシャワー借りただけで……」

「男の家でシャワー⁉」

「だ、だからユーマは友達で、お父さんが考えてるようなのじゃなくて……！」

「……コホン。ゆい」

お父さんは咳払いすると神妙な顔で話し始める。

「いいかいゆい？　ゆいは女の子で、もうすぐ高校生だ。こう、少し無防備すぎるというか、男性に対する警戒心というかだね……」

「う、うん」

「そしてその優真くんとやらはずいぶんゆいに親切にしてくれてるようだけど、昔から男はオオカミなんて言葉があってね。男が女性に優しくするのはそういう下心がある場合がほとんどで、優しそうに見えても時として……」

「あなた」

ここまで黙っていたお母さんの声でお父さんは言葉を止めた。

ゆいがふくれっ面で、かつてないほど不機嫌そうな顔をしている。

「ユーマはわたしの親友だもん」

「ゆ、ゆい？　あ、いや、決してゆいの友達を悪く言うつもりはなくてね？　お父さんはゆいのことを心配して……」

「ユーマはわたしに酷《ひど》いことなんてしないもん」

ゆいはほっぺたを膨らませたままぷいっとそっぽを向いてしまった。

……今までそんな反応をされたことがないお父さんは大ダメージである。すでに打ちのめされそうになっている。

「ごちそうさま。お風呂《ふろ》入ってくる」

ゆいはぷんすかしたままさっさと食器を片付けていってしまった。

†

「はふぅ……」

ゆいはお風呂に浸かりながら天井《てんじょう》を見上げ、気持ちよさそうに息を吐いた。

お風呂は好きだ。ぬるめのお湯にぼんやり浸かりながら、スマホ（完全防水）をいじったり楽しいことを考えたりして過ごすのは至福の時間だ。

ただ、今はちょっとだけ気持ちが重い。

一応、お父さんが心配していたことも頭ではわかっているのだ。

けれどそれ以上に優真は親友で、大切な人で……その大切な人がお父さんに悪く言われてるように感じてつい冷たい態度を取ってしまった。後で謝らないと。

「…………」

これまでの優真と過ごした日々を振り返ってみる。

ゲームを通して仲良くなって、初めて会ってからは毎日遊んでくれて、優しくしてくれて……。

今までは恋愛とか、そういうことを意識したことはなかった。優真と過ごす日々が楽しくて、考える暇もなかった。

けれどお父さんにああいう風に言われると、流石《さすが》に少し考えてしまう。

（ユーマはもしかして、本当にわたしのこと……好きなのかな……？）

優真はいつも自分にすごく優しくしてくれる。一応は男子と女子だし、よくかわいいと言ってくれるし、あり得ない話ではないかもしれない。

もしそうだったら、自分はどう思うだろう？

――優真にならそういう感情を向けられていても嫌じゃない。ただ……。

ゆいも優真のことは好きだ。大好きだ。もっと一緒にいたいし、もっともっと仲良くなりたい。

けれどもゆいの好きはあくまでも親友としてだ。

というより、そもそも初恋もまだで、恋愛というものがよくわからない。

恋をしたら好きな人と一緒にいたりすると胸がドキドキして苦しいらしい。けど、自分が優真といる時はホッとするというか、安心する。

近くにいると落ち着くし、頭を撫《な》でられるのは気持ちいい。たくさん甘えたいし、いっぱいかわいがってほしい。

（いっそユーマが女の子だったらもっと遠慮なくくっついたりお泊まりしたりできたのに……）

顔をお湯に半分浸けてぷくぷくしながら、ついそんなことまで考えてしまう。

しかし現実として自分は女の子で、優真は男の子で。

男女なんだからそういう感情を向けられている可能性もあるわけで。

けど……それなら……。

（もしユーマがわたしのこと好きなら……付き合ってあげたら、喜んでくれるのかな……？）

ふと、そんなことを考えた。

◆七話◆　親愛と恋愛

一夜明けた朝。

今日は珍しく、ゆいの方からチャットで遊ぶ時の行き先を提案してきた。

もっともメインはいつも通りネットカフェで一緒にゲームしようということだが、今日はその前にお昼ご飯を近くの喫茶店《きっさてん》で一緒に食べようとのことだ。

そしていつものお礼に今日は奢《おご》らせてほしいとも。

「ふむ……」

お礼とか気にするなとは言っているけれど、何もお返しさせないままにしとくのも逆にダメな気がする。

自分とゆいはあくまでも親友、対等な関係だ。ここは素直に奢られておこう。

『了解』と返事すると、フィーが嬉《うれ》しそうにニコニコしているスタンプが返ってきた。

いつものようにゆいの家まで迎えに行くと、ゆいは家の前で待っていた。

今日はいつものパーカー姿ではなくて白いワンピース姿。昨日ネネの店で買ったおしゃれ着だ。

優真《ゆうま》に気づくと小さく手を振ってくる。

……たったそれだけ、たったそれだけのことだ。

なのに心臓がドキドキと高鳴っている。

(だから違うから！　ゆいとはそんなんじゃないから！)

ゆいにバレないようにこっそり深呼吸。昨日の件から変にゆいのことを意識してしまっている気がする。

「お……おはよ」

「おはよう。家の中で待ってりゃいいのに。立ってるの疲れるだろ」

「う……ううん、大丈夫」

——？　なんだろうか？　少し緊張している？　多少気になりはしたがいったん置いておく。

「それじゃ行くか。喫茶店行くんだよな？」

「えと……うん……」

ゆいは少し視線をさまよわせるとスマホを取り出した。チャットを開始。すぐに優真のスマホの着信音が鳴る。

『いつものネットカフェに行くまでにおしゃれな喫茶店あったよね？　あそこで』

『了解。それじゃ行くか』

そう返事をするとゆいはホッと息を吐いた。

――やっぱりいつもより緊張気味だ。どうかしたんだろうか？

緊張の原因は何かと、それとなくゆいを観察する。

（そういえばゆい……今日はおしゃれしてるんだよな……）

普段は着ないワンピースもそうだが、うっすら化粧しているようだ。

目がぱっちりしていて、ほっぺたはつきたての餅《もち》みたいでつい触れてみたくなる。唇はリップクリームを塗っているのか瑞々《みずみず》しくて、すごく柔らかそうで……。

「ユ、ユーマ……？　わたしの顔、どうかした？」

「い、いやなんでもないっ」

不安そうに声をかけられた。ジッとゆいの顔を見つめていたことに気づいて途端に恥ずかしくなった。つい目をそらしてしまう。

「えと……その、お化粧、してみたんだけど……やっぱり変……かな？」

「い、いやそんなことない！　よく似合ってると思う！」

そう言うとゆいは嬉しそう……というより安心したように息をつく。

「よかった……。今日、ユーマとデートだから、頑張っておしゃれしてみたから……」

「っ⁉」

デートという単語を出されて心臓が跳ねるのを感じた。

一応デートの意味をスマホで検索してみる。すると『男女が前もって時間や場所を約束して会うこと』と出た。そういうことならこうやって一緒に遊びに行くのもデートと言えるだろう。

けれどやはり、デートと言われると恋人同士で遊びに行くのを想像してしまう。こんなことですら心臓が高鳴ってしまう。

というか、ゆいの様子もいつもと比べて変だ。

いつも以上に緊張しているし、おしゃれして来ているし、心なしか顔が赤い。

そんなゆいの姿を見ていると、以前ネネに貸してもらった少女漫画のワンシーンを思い出した。

それは告白シーンの前。主人公の少女が、大好きな先輩に想《おも》いを伝える直前。

その時の主人公の表情と、今のゆいの表情が似ている気がして……。

(だ、だから違うから! ゆいとはそういうのじゃない……よな? ない……のか?)

心臓の音がうるさい。まともに頭が働かない。

そのまま二人で喫茶店へと向かった。


喫茶店は落ち着いた雰囲気で、静かなクラシックが流れている。

店に入ると奥の方のテーブル席に案内された。ちょうど他の席からは死角になりやすい席だ。

恋人同士のデートにはいい雰囲気だな……なんてことを考えてしまって悶絶《もんぜつ》しそうになった。

店員に同じサンドイッチセットを注文。

サンドイッチが来るまでゆいは無言だった。メニューを見ている……ふりをして、チラチラこちらの様子をうかがっている。目が合うと慌てて視線を右往左往。

（やっぱり様子……変、だよな？）

ただきっと、ゆいから見ても今の優真は様子が変に映るだろう。完全にゆいのことを意識してしまっていて、少し挙動不審になってしまっている。

そうこうしている間にサンドイッチが来た。

たぶん美味《おい》しいのだけれど緊張しすぎて味がわからない。

食べている間、会話はゼロ。お互いに様子をうかがっていて、ものすごく静かな食事になった。食べ終わってもすぐには席を立たない。ゆいは椅子の上で石像のように固まったまま、チラチラこちらに視線を送ってくる。まるで何か話すタイミングをはかっているようだ。

……優真の方も、ずっと心臓がバクバクしっぱなしだ。流石《さすが》にこの雰囲気で何もないということはあり得ない。

（告白……なの、か？　状況的に考えて……）

そう考えて生唾《なまつば》を飲み込んだ。

告白だったとして……どうする？

そりゃあ、自分だって男子だし、かわいい彼女は欲しい。

けれどゆいは親友で、そういう好きじゃない――はずだったのだけど、やっぱりゆいのことがかわいくて。もうかわいくてかわいくて仕方ないわけで。

現に今も告白されるかもしれないと思うとドキドキしてしまっているわけで。

そうしていると、ゆいは意を決したように口を開いた。

「え……と……。ユ、ユーマ！」

「は、はいっ⁉」

「えと……あの、ね？　変なこと、聞いて……いい？」

「あ、ああ」

「……その……ユーマってわたしのこと……好き……？」

心臓が跳ねるのを感じた。

「そ、そりゃあ……友達だし……？」

探りを入れてきたのに対して探りを入れ返してしまう。

（ヘタレか俺《おれ》は⁉　明らかにそういう意味じゃないだろ⁉）

そんな優真に対し、ゆいはもじもじしながら言葉を続ける。

「その……えっと、ね？　もし、ユーマがわたしのこと、好きなら……付き、合う……？」

息が詰まる。

生まれて初めての女の子からの告白。

率直《そっちょく》に言えばめちゃくちゃ嬉しかった。ここまでの葛藤も何もかも全部頭から吹き飛んで

『付き合おう』と言おうとした。……が、違和感に気づいた。

――ゆいは口下手で、口頭だと自分の気持ちをうまく伝えられないことが多い。

だから優真も少しでもゆいの気持ちを読み取ろうと、普段からゆいがどんな表情をしているか観察する癖《くせ》がついていた。

だから気がついた。――何か違う、と。

「ゆい」

「は、はい！」

「お前、本当に俺のこと好きなのか？」

「え？」

こういう質問を返されるのは予想外だったようだ。ゆいは困惑したようにオロオロしだす。

「す、好き、だよ？　じゃないと、付き合おうなんて……」

「その好きっていうの、本当に恋愛的な好きか？」

「あ、う……それは、えと……」

どうやら図星だったらしい。ため息をつく。

「どうしてそんなことしたんだ？」

「それは、その……お父さんが、男の人が優しくしてくれるのはそういう下心があることがほとんどだって言ってて、もしかしてそうなのかなって、それで……」

「話が繋《つな》がらないだろ。それで何で俺と付き合おうってなるんだよ普通逆だろ」

「だ、だって、もしそうなら、わたし……初恋もまだで、恋愛とかよくわからなくて……けど、ユーマ、付き合ってあげたら、喜んでくれるかなって……」

「それで俺がお前のこと好きなら付き合うなんて言ったのか？　バカだろお前」

「け、けど。恩返ししたくて、今までたくさんお世話になったから、それで……あの、ユーマ？　怒ってる？」

「怒ってる」

もしもゆいが『優真に恋したから付き合ってほしい』と言うのだったら、間違いなくＯＫしていた。

だが今までのお礼に付き合うというのは絶対違う。そんな見返りが欲しくて仲良くしていたんじゃない。

立ち上がってゆいの前に行く。ゆいは優真に見下ろされてオロオロしていた。

そんなゆいに手を伸ばし……両方のほっぺたを思いきりつねった。

「うにゃうっ⁉」

「な、ん、で、そういう発想になるんだよバカかお前！　いやもうバカだなバカ！」

「ゆ、ゆーみゃいひゃいつねらないでいひゃいいひゃい！」

ゆいが悲鳴を上げているけど今回ばかりはやめてやらない。……ちょっとだけ力を緩《ゆる》めてさらに続ける。

「俺はお前のこと親友だって思ってるんだよ大事にしたいんだよ！　なのになんでさっきみたいなことすんだよバカ！　もっと自分を大事にしろバカ！」

「だ、だって喜んでくれると思って……ひにゃうっ⁉」

「そういうのは対等な関係だからいいんだよバカ！　今までのお礼に付き合うとかダメに決まってるだろバカ！　ああもうこのバカ！」

「うみゃあああぁ……⁉」

「……何より」

「……？」

――少し声のトーンが落ちた。

「親友のお前に、そういう下心があるって思われたのは、正直ショックだった」

優真がゆいのためにいろいろやったのは友情のためだ。

優真が今、毎日楽しくやっていけているのはゆいがいたからだ。だから同じようにコミュ障に悩んでいるゆいを手助けしてあげたくて。

一緒にいるうちに絆《きずな》が深まっていくのが感じられて、それが嬉しくて。

一緒に遊んでいる時間が楽しくて、学校が始まってもゆいと一緒なら毎日楽しいだろうなって、楽しみで。

他の人から見たらおせっかいがすぎるという自覚はあるし、ゆいのお父さんが大切な一人娘を心配するのもわかる。

けれど、ゆい本人に下心があると思われたのは……ショックだった。

「あ……」

ゆいの顔からみるみるうちに血の気が引いていき、まっ青になった。

「ごめんなさい……」

か細い声。優真は小さく息を吐き出す。反省しているみたいだしもうこの辺でいいだろう。

「わかった許す。もうさっきみたいなことするんじゃないぞ……ってゆい？」

「ごめんなさい……ユーマのこと疑って……ひっく……親友、なのに……わたし……」

ポロポロとゆいの眼《め》から大粒の涙がこぼれていく。

「ゆ、ゆい？　いやもう許すから。許したから。な？」

今度は優真の方がオロオロする番だった。なにせこんな風に女の子を泣かせるのは初めてで、罪悪感がヤバい。

ハンカチで涙を拭いてやったり背中をポンポンしてやったりすること数分。ゆいはようやく泣きやんだ。

「ごめんなさい……」

ゆいはまだしょんぼりと肩を落としていた。

「いや、俺の方こそごめん。さっきは強く言いすぎた」

「ううん、さっきのは完全にわたしが悪かったから。それに……ね？　わたし、うれしかったよ？」

「嬉しい？」

「ん……だって、さっきみたいに怒ってくれたの、ユーマは本当にわたしの親友なんだって。わたしのこと大事にしてくれてるんだって」

「今まで親友なの疑ってたのかよ」

「ううん。何というか、モヤモヤしてたのがはっきり形になった感じって言うか……とにかくうれしかった。けどそれで、余計に罪悪感を感じちゃって……泣いちゃって……ごめんなさい」

「だからその件はもういいから」

苦笑いしながら慰める。まあなんにせよこれで一件落着……と思っていた矢先だった。

ゆいが優真の身体に手を回してギュッと抱きついてきた。ギューッと抱きしめて、おでこを優真の胸にぐりぐりしてくる。

不意をつかれた優真は思わず固まってしまった。

「ゆ、ゆい⁉」

「わたし、喋《しゃべ》るのあんまり得意じゃないから、代わり。この気持ちだけは……ちゃんと伝えたいから」

そんなことを言いつつ、ゆいは抱きついたまま優真の顔を見上げた。

恥ずかしがっているけれどまっすぐに優真の目を見ている。吸い込まれそうなほど綺麗《きれい》な目だった。

「ユーマ、わたしね？　ユーマのこと……大好き」

――それは、別に愛の告白とかではない。

ゆいが言った大好きはあくまでも親友としてのもの。恋愛じゃなくて親愛。

そんなことは百も承知……なのだけど。

その言葉があまりにもまっすぐで、言った後に照れて笑った顔がかわいくて、魅力的で。

このままゆいを抱きしめたい。自分だけのものにしてしまいたいという衝動が湧《わ》いてきて……。

(待て……待て待て待て。さっき下心ないとか言ったばかりなのにそれはダメだろ⁉)

ゆいの肩を摑《つか》んで慌てて引き剝《は》がした。ゆいはちょっと不満そうだったけれどそれどころじゃない。

だってもう限界だった。

あんな風に抱きつかれて、あんなまっすぐな言葉を向けられて、それにゆいは自分の胸に密着していたものだからドキドキしてる心臓の音に気づかれてしまいそうで。

「じゃあユーマ、あらためてこれからよろしくね？」

「お、おう」

照れ笑いしながらそう言ったゆいにぶっきらぼうに返した。

ゆいの顔を正面から見るのが恥ずかしくて、もうどんな表情でもかわいくて仕方なくて。

（だから違うから！　ゆいとはそんなんじゃないから！）

頭の中でそう叫んでみても、心臓の音は鳴りやんでくれなかった。

†

「ねえねえユーマ？　また、腕組んでもらっても、いい？」

「お……おう」

店を出るとそんな感じでゆいが声をかけてきた。

前にゆいがフードなしで歩いた時も、ゆいは不安だからと腕を組んでいた。

正直受けるかどうか少し迷ったが、自分がゆいのことを意識してしまっているからという理由でほっぽり出すのは流石にどうかと思ったので受ける……が、それが誤算だった。

「んしょ……ふふ♪」

「っ⁉」

ゆいが優真の腕に自分の腕を絡《から》めてくる。それ自体は同じ。ただ……。

前回のゆいは周りの視線に緊張して、優真の腕にすがりついている感じだった。

だが今回は……。

「えへへ……♪」

ゆいは幸せそうに優真の肩に頬《ほお》ずりしている。端から見れば誰《だれ》がどう見てもバカップル。

優真のことが好きで好きで仕方ないというのが伝わってくる。

しかもゆいの髪からふわりといい匂《にお》いがする。以前より服の布地が薄いせいか、ギューッと抱きしめられた二の腕にゆいの体温と柔らかさを感じてしまう。

——優真は歳《とし》の割にはしっかりしているかもしれないが、所詮《しょせん》は思春期の男子だ。

そんな優真がこんなことされて長い間耐えられるわけがない。ついつい早歩きになってしまった。

ゆいが小走りになってしまっていたのには気づいていたけれど、今日だけは見て見ぬふりをする。

恥ずかしくてたまらないというのもあったけど、一秒でも早く離れないとゆいに邪《よこしま》な感情を抱いてしまいそうで、親友としてそれだけは避けたくて……。

だが、今日の神さまはいじわるだった。

ネットカフェに着いた。

「いらっしゃいませー。あ、今日もお二人ですね」

二人を見るなり受付の大学生くらいのお姉さんがそう声をかけてくる。

春休み中、毎日のように一緒に来ていた上にゆいがいるし、顔を覚えられたみたいだ。

「けど申し訳ありません。今日はツインルームは全部埋まっていまして」

「そうなんですか」

「シングルルームなら空いていますけどどうしますか？　狭《せま》いですしパソコンも一台しかないですけど映画とかは見放題だし、お二人なら楽しめると思いますよ？」

「ゆい、どうする？」

「ん……わたしは、いいよ？　スマホでもゲームできるし、ユーマがいいなら」

「じゃあシングルルームでお願いします」

「はい、ありがとうございます」

そうしてチェックインを済ませる。――と。

「ああ、一応の注意なんですが。そういうお店ではないので、そういうことはしないでくださいね？」

「そういうこと？」

優真が首を傾《かし》げると店員さんは顔を近づけてこっそり〝そういうこと〟がどういうことか教えてくれた。

――吹き出した。


「しませんよ⁉　するわけないでしょこんなところでそんなこと！」

「いや、実際時々いるんですよ。こんなところでそんなことするカップル」

「いるの⁉」

「ねえユーマ、何の話？」

「あ、いや、ゆいはわからなくていいから！　むしろわからないでくれ！」

「……むー」

不満そうにむくれるゆい。そんな二人を見て店員さんは笑い出すのを我慢してぷるぷるしている。

「というかそもそも！　俺達は友達同士で決してそういうのじゃなくてですね！」

「……へー？」

店員さんは優真と幸せそうに腕を組んでいるゆいを見る。そして次に、顔がまっ赤になっている優真の方を。

「なるほどー。友達同士ですかー。それは失礼しましたー」

すごくニマニマされている。

「と、とにかく部屋行きますから！」

店員さんの視線に耐えきれなくなって、ゆいを引っ張って部屋に向かった。


何はともあれシングルルームに入る。

本来は一人でパソコンを使うためだけの部屋だ。当たり前といえば当たり前だが、普段使っているツインルームよりかなり狭い。スペース的には狭めのエレベーターの部屋くらい。

「う……」

「どうしたの？」

「い、いやなんでもない」

二人だと思った以上に狭さを感じる。そしてこんな狭い部屋で二人きりだと、どうしてもゆいに意識が行ってしまう。

それに店員さんがあんなことを言うもんだからつい変なことを想像してしまって……。

「ねえユーマ。……どうしよっか？」

「ど、どうするって⁉」

「え？　何して遊ぼうかって聞きたかったんだけど……とりあえずいつも通りゲームする？」

「お、おう、そうだな」

一瞬変なことを考えた自分を心の中で叱《しか》りつける。深呼吸。そんな優真をゆいはきょとんとした顔で見ていた。

「……と、そういやシングルだと普通の座椅子一つしかないんだよな。ゆい、座れよ。俺はなくても大丈夫だから」

「ううん、二人で座ろ？」

「いや無理だろスペース的に」

「大丈夫。こう、ユーマが脚広げて座って、わたしがその間に座る感じで」

「いやいやいやいやいや。何というか、近すぎない？」

「わたしは平気だよ？」

あっさりとそう返されて『俺が平気じゃないんだよ！』とは言えなくなってしまった。

――と、ゆいがスマホを操作し始めた。条件反射的に優真もスマホを取り出す。

『正直に言うとボク、ユーマとスキンシップがしたいのです』

ゆいはそう打ち込むと照れくさそうに「えへへ」と笑う。

こいつ……またそんな男心を弄《もてあそ》ぶようなことを……。と思いはしたけれどなんとかポーカーフェイスを保つ。

『スキンシップって、あのスキンシップ？』

『うん。ユーマはオキシトシンって知ってる？　幸せホルモンって、前にテレビでやってたんだけど』

　そういえばテレビでやっているのをチラッと見た記憶がある。

『好きな人と触れ合ったりハグしたりすると分泌されるんだって。ストレス解消だったり免疫向上だったりでいろいろいいみたい。ユーマに撫《な》でられたり腕を組んだりしてた時いっぱい出てる感じというか、なんだか癒やされるから』

　――『好きな人』と言われてついきょどってしまった。我ながら童貞丸出しだなと思う。

『いやけど、それって身体に触れるだろ？　女子的にそういうの嫌じゃないのか？』

『あのさ、ユーマはボクが女の子だからっていろいろ気をつかってくれてるのはわかるけど、そんな気をつかわなくてもいいよ？　ボク、ユーマになら触られても別に嫌じゃないから』

　――だから！　お前平然とそういう男心を弄ぶようなこと言うんじゃねえ！　と言いたいけど言えない。

『というかそもそも初対面の時に胸触られたしねーｗｗ』

『その話題掘り返すのやめて⁉』

　――たぶんだが、ゆいはあまり学校に行っていなかったせいで自分が女子だという自覚が足りないのだと思う。

　小学校低学年くらいの時は体育とかプールの着替えも男女一緒で、それを恥ずかしいともあまり思わなかった。

けれど学校という社会生活の中で男女で分かれることが多くなって、いつしか異性ということを意識するようになっていく。

ゆいにはそういう経験が少なかったのだろう。だからこれだけ無防備だし……普通なら異性ということで遠慮してしまう親愛をストレートにぶつけてきてくれる。

それ自体は嬉しい。すごく嬉しい。けれど、優真にとってゆいは気になる女の子で、もう完全に意識してしまっていて……つい、変なことを考えてしまいそうになる。

親友として、ここはゆいの親愛に応《こた》えるべきなのか、それとも遠慮するべきなのか判断がつかない。もう頭を抱えたい気分だ。

『どうしたの？』

「…………」

優真は無言でドカッと椅子に腰を下ろした。

大丈夫。あらぬ場所を触ったりするわけじゃない。距離が近いだけ。友情の範囲。優真はそう自分に言い聞かせる。

「ん……もうちょっと、脚広げて？」

「お、おう」

ゆいは優真の脚の間にちょこんと腰を下ろす。――すごくいい匂いがした。

「…………っ！」

まだ身体の接触はゼロ。なのにもうすでに心臓がバクバク鳴っている。この距離感はヤバい。さらにゆいは優真の身体を背もたれのようにして体重を預けてきた。

「あ……これ、すっごくいい……」

ゆいはまるで極上のソファーにでも座った時のような感想を漏《も》らす。一方の優真は……完全にそれどころではなかった。

自分の脚の間に座ったゆいを後ろから抱いているような体勢。

もたれかかってくるゆいの体重が心地いい。じんわりとゆいの体温が伝わってくる。すぐ目の前にあるゆいの髪からはなんだか甘い匂いがする。少し遅れてネネの店で使っているシャンプーと同じ匂いなのに気づいた。会う前にシャワーでも浴びてきたのだろう。

そして何より、柔らかい。ギュッと抱きしめればさぞ抱き心地がいいだろう。優真はそうしないために理性を総動員しなければならなかった。

「それじゃ、しよっか。ユーマは行きたいクエストとかある？」

「お、おうっ⁉　まかせるっ⁉」

優真はパソコンで、ゆいはスマホでという形でグランドゲートを起動する。

優真はどうにかゲームの方に集中しようとするが……さっきから心臓のバクバクが止まらない。こんな体勢だとどうしてもゆいの体温や柔らかさを意識してしまって落ち着くことができない。

それでもどうにかゲームを続けて、ゆいの操作するシュヴァルツと一緒にゲームの世界を冒険する――が。

（……あれ？）

クエストをこなしていると、突然ゆいの操作するシュヴァルツが明後日の方向に走り出したのだ。そのまま壁に激突。それでもシュヴァルツはひたすら壁に向かって走り続けている。

「ゆい？」

ゆいの方に視線をやるとゆいはスマホの画面にタッチしたまま、眠たそうにうつらうつらしていた。

「ゆい、眠いのか？」

「ふぇ……？　……あ、ごめん。寝てた」

「寝不足か？」

「ん……昨日は、緊張して眠れなかったから……」

「緊張？」

優真がそう聞き返すとゆいは恥ずかしそうに顔を伏せる。

「男の子に告白するの、初めてだったもん……」

――その言葉にまた心臓が跳ねるのを感じた。

結果的にああいう形になりはしたが、ゆいにとってもあの告白は軽いものではなかったのだ。

というより、もしも優真があの告白を受け入れていたら今頃《いまごろ》自分達は恋人同士だったのだ。

それはつまり、ゆいは自分とそういう関係になるのも嫌じゃないと……。

そう思うと嬉しい気持ちと恥ずかしい気持ちで頭の中がぐちゃぐちゃになってしまう。

「ふあ……」

一方のゆいはそんな優真の心境も知らずにかわいらしくあくびをしていた。まだ眠いようで、またすぐにうとうとしだす。

「おーい、起きろー?」

「ん……ごめん、ユーマの身体……あったかくて……くっついてるの、きもちよくて……」

ゆいは寝惚けたような声でそんなことを言う。男としてここまで警戒されていないのはなんだか少し悲しい気もするが、それ以上にかわいいと思ってしまう。

「……なんだったら、このまま少し寝てるか?」

「……いいの?」

「あ、ああ。別に俺はいいぞ?」

「ん……ありがとー……」

そう言うやいなやゆいの身体から力が抜ける。優真に体重を預けたまま、一分もしないうちにすやすやと寝息を立て始めた。

「う……」

──思っていたより、辛《つら》い状況になった。

優真にもたれかかって気持ちよさそうに眠っているゆいは、あまりにも無防備だ。

優真も男である。何かする気は毛頭《もうとう》ないが、ここまで無防備な姿は目の毒だ。

こんな体勢なんだし抱きしめるぐらいはいいんじゃないかとか、ついそんなことも考えてしまう。

（なんで『いいぞ』なんて言ったんだよ俺……）

優真は額に手を当ててうつむいた。ただでさえあの告白の件から変に意識してしまっているのに、この距離感は相当辛いものがある。

（こいつも少しくらい警戒しろよ……一応男だぞ俺……）

ため息をつきつつ、仕方ないと諦《あきら》めようと思った矢先、あるものが優真の目に飛び込んできた。

「……っ⁉」

──優真とゆいではそれなりに身長差がある。なので自然と、優真がゆいを見ると上から見下ろす形になる。

服の隙間《すきま》から、ゆいの胸元《むなもと》が見えていた。

控えめではあるが確かにある、女性らしい膨らみ。それを包むフリルの付いた白くてかわいらしい下着。きめ細かな白い肌にどこか艶《なま》めかしい鎖骨のライン。

咄嗟《とっさ》に目をそらす。だがその光景はもう目に焼き付いて離れない。

（勘弁してくれ……）

……無論、何かするつもりはない。ゆいの信頼だけは絶対に裏切らない。

ただ、やはり男としてはこういう状況には悶々《もんもん》としてしまうわけで……。

結局、その日はゲームはまったく進まなかった。


――この日から、元々近かったゆいとの距離感がさらに近くなった。

女子は仲がいい相手とわりと気軽にくっついたり抱き合ったりすることがあるので、たぶんそういう感覚でやっているのだろう。

ゆいはギュッと抱きついてきたり、頭を撫でてほしいとねだってきたり。もう優真のことが大好きで、信頼してくれているのが伝わってくる。

嬉しいし、かわいいとは思う。

けれど優真は男子で、ゆいは女子で、ゆいがあまりにも無防備すぎで。

優真もすっかりゆいのことを意識してしまっていて。その距離感に悶々としてしまうこともあって。

そしてついに、ある意味恐れていたことが起きてしまった。

◆八話◆　下心と罪悪感

「ねえユーマ……これまでのお礼、させて……？」

いつものネットカフェ。ゆいは甘い声でそんなことを言って優真《ゆうま》の胸にしなだれかかってくる。

あまりの恥ずかしさに潤んだ瞳《ひとみ》。耳までまっ赤になったどこか艶《つや》っぽい表情。見ているだけで心臓が高鳴るのを感じる。

「お、お礼って……何するんだ？」

何となく察しがついているのにそう言ってしまった。

ゆいは頰《ほお》を染めながら優真の顔を見上げる。

「わたしのこと……ユーマの好きにして、いいよ？」

「け、けどそんな……だ、ダメだろそういうのは！」

「いいよ……？　ユーマなら、嫌じゃないから……。ううん、ユーマにならしていて、ほしい……」

その言葉で、理性の糸がブツンと切れるのを感じた。

「ゆい……本当にいいのか？」

「うん……いいよ……」

細い身体をギュッと抱きしめる。ゆいは優真を見上げたまま目をとろんとさせ、そのまま目を閉じた。

優真も目を閉じ、唇と唇を……。

――――――――――

――――――――――という夢を見た。

朝、優真は自分の家のベッドで目を覚ました。

十秒くらいかけて、さっきのが夢だったことを理解する。

そして――。

「うあああああああああ……！」

枕《まくら》に顔を埋《うず》めて悶絶《もんぜつ》した。

†

告白の件から三日。

優真は今まで通り……頑張ってなんとか表面上は、ゆいに今まで通り接していた。だが……。

……以前なら、自分がゆいに優しくするのは友情のためだと胸を張って言えた。なのに今は、下心が芽生えてしまっている。

ゆいに優しくしていたら、ゆいも自分のことを好きになってくれるんじゃないか。ついそんなことを考えてしまう。

しかもゆいは無防備で、距離感が近すぎで……そういう目で見てしまうこともある。

けれどもゆいがそれだけ無防備なのは自分のことを信頼してくれているからだ。そんなゆいに下心だったり欲求を抱いたりしてしまっているのはその信頼を裏切っているような気がして、後ろめたい気持ちになってしまう。

極《きわ》めつきはついに今朝《けさ》そういう感じの夢を見てしまって……夢の中とはいえゆいに劣情をぶつけてしまった。もう罪悪感で朝からメンタルがズタボロである。

何はともあれ、ふらふらしながらリビングに向かった。

「おはよー。朝ご飯食べる?」

「……うん」

ネネは一緒に朝ご飯を食べようと待っていてくれたようだ。

最近の朝ご飯はもっぱらシリアルだ。皿に入れて、牛乳をかけて食べるやつ。

……普段ならサラッと食べられるのに、今は食が進まない。

「……ゆーくんどうかした？　体調悪い？　食欲ないみたいだけど……」

「まあ、うん……」

流石《さすが》に女性であるネネにあんな夢のことは言えない。

「はあ……」

ため息が出てしまう。

……自分はゆいのことが異性として気になっている。それはもう認めるしかない。

けれどそれ以前にゆいは親友だ。誠実でいたいし信頼を裏切るようなことはしたくない。

なのについ下心が湧《わ》いてしまうし、変なことも考えてしまう。

「はあ……」

「本当に大丈夫？　体調が悪いなら今日はもう寝てた方が……」

「いや、大丈夫……」

――と、ペコン♪とスマホからメッセージを受け取った音がした。

見るとゆいからだ。

『ユーマ、今日は何か予定ある？』

『いや別に？　どうした？』

『お母さんがね、お友達とおしゃれな服でも買ってきなさいってお小遣《こづか》いくれたんだ。それでまたネネさんのところに行きたいなって思ったんだけど、ユーマさえよければ付き合ってくれないかな？』

後ろめたさを感じてるくせに、こうやって誘われると嬉《うれ》しいのは我ながら現金だなと思う。

「ゆいちゃんから？」

「ああ、姉貴の店で服買いたいから付き合ってくれないかって」

「へー。……んふふ～、つまりはお買い物デートってわけね？」

「べ、別にそういうのじゃない」

優真は頬を赤くしてぷいっとそっぽを向く。そんな優真の態度にネネは目をパチクリさせた後、にんまりと口元に笑みを浮かべた。

「……なんだよ」

「ううん別に～？　……んふふ～♪」

「とりあえずそういうわけだから、昼頃《ごろ》に姉貴のブティックの方、行っていいか？」

「もちろん。いつでも来てね。……ってそろそろ仕事行く時間ね。戸締まりとかよろしく」

「ああ、いってらっしゃい」

そうしてリビングを出ていきかけた時、「あ、そうだ」とネネは足を止めた。

「今日、仕事の都合でちょっと遠出するから。帰ってくるの明日の夕方くらいになるからね」

「わかったけどそういうのはもっと早く言えよ」

「ごめんごめん。……まあそんなわけだけど、お姉ちゃんがいないからってゆいちゃんを家に連れ込んだりしちゃダメよ～？」

「早く行け！」

ネネはくすくす笑いながら家を出ていった。

優真はノロノロと朝食を食べ片付けを終えると、倒れ込むようにソファーに横になった。

「姉貴のバカ野郎……」

服を買いに行くのにわざわざ男子である自分を誘うなど、ゆいにその気はないとはわかっているが紛《まぎ》れもないお買い物デートである。

気にしないようにしていたのに、ネネに言われてあらためて意識してしまった。ただでさえあんな夢を見てしまった後なのに。

（顔火照《ほて》ってるの……ゆいと会うまでに治るかな）

†

ゆいを迎えに行くと、ゆいは家の前で待っていた。

「あ、ユーマ」

優真を見つけるとゆいはそれだけで嬉しそうな笑顔を浮かべた。子犬みたいにてててて、と走り寄ってくる。

「おはよ。今日は付き合ってくれてありがとね」

「あ、ああ」

ゆいと顔を合わせて、ついチラッと今朝見た夢のことを思い出してしまった。

「？　ユーマ、どうかした？」

「い、いやなんでもない」

「でもちょっと顔赤いよ？　熱とかない？」

そう言ってゆいはひょいと優真の額に手を当てて自分と比べる。ゆいの小さくて柔らかい手の感触に危うく悲鳴を上げてしまいそうになった。

――ゆいのコミュ障もだいぶ改善されたと思う。

まだ一人で外出とか初対面の人と話すのは厳しいらしいが、少なくとも優真とはもう普通にお喋《しゃべ》りできている。以前は優真の方から話を振るのを待っている感じだったのに、最近はゆいの方から話を振ってくることが多くなった。

それに何より、ゆいからの好意を感じる。『優真のこと大好きだよ』というのが言動から伝わってくる。

（ただ、今日は俺《おれ》の方が……）

夢のせいでますます意識してしまっている。すでに少し頬が熱い。それに親友として接してくれているゆいにこんな感情を抱いているのはなんだか後ろめたくて、罪悪感があって、まともに顔を見ることができない。

「だ、大丈夫だから心配するな！　そ、それじゃ行くぞ」

「ん」

そう言うとゆいはいつものように優真と腕を組もうと手を伸ばしてくる。が、優真はついそれを回避してしまった。

ゆいはガーンと効果音が鳴りそうなほどショックを受けた顔をした。

「い、いや、姉貴に見られるとからかわれるし、流石に恥ずかしいからさ」

「う、うん」

いつもと違う態度にゆいは困惑したような表情だ。悪いなとは思ったものの、今腕なんて組まれたら平気でいられる自信がない。

何はともあれ、二人でネネの店まで向かった。今日は美容院ではなくてブティックの方。ネネもそちらにいた。

前回来た時はお店を貸し切りにしてくれていたが、今日は他の客やスタッフもいる。

ネネは他の客の接客中だ。軽くアイコンタクトを交わして『お構いなく』と伝え、優真とゆいは二人で服を見に行く。

ネネの店は大型店と比べると品数は少ないけれど、量より質という感じの品揃《しなぞろ》えだ。全体的にセンスがいい服が並んでいる。

その上『こういうコーディネートがおすすめ』というアドバイスまであちこちに書いているので、優真やゆいのようなファッションに疎《うと》い人にも選びやすい。

「ユーマ。これ、どうかな?」

「いやなんで初手で迷わずパーカーに行くんだよ。今日はおしゃれ着探しに来たんだろ? こっちとかどうだ?」

「ん……ちょっと派手かな……」

「そうか。じゃあこっちは?」

「あ、これなら……」

気恥ずかしくて仕方ないが、せっかくゆいが買い物に誘ってくれたのだ。なんとか頑張ってゆいの服選びを手伝う。……さっきからゆいの顔を直視できないのは我ながら情けないが。

「ちょっと試着してみようかな……?」

「ああ、いいんじゃないか」

そうしてゆいが服を持って試着室に入る。少ししてシュル、シュルと衣擦れの音が聞こえてくる。

……前にこのお店に来た時もこうやってゆいの着替えを待つことはあった。だがあの時とは感じる気持ちが少し違う。

心臓がバクバクしている。この薄いカーテンの向こうでゆいが着替えていると思うとなんだかもうたまらなくて、今すぐここから逃げ出したくなってくる。

程なくして、カーテンが開いた。

「ど、どうかな？」

ゆいが少し緊張した声で聞いてくる。

結論から言うと、よく似合っていた。

書いてあった『小柄な女の子にオススメ』というのをそのまま勧めただけだが、ゆったりした春物のコーディネートはゆいの魅力を存分に引き出してくれている。

それにゆいも、優真が褒めてくれるのを期待したような表情で優真を見ている。そんな姿がかわいくて、愛《いと》おしくて――。

「い、いいんじゃないか……？」

つい露骨に目をそらしてしまった。

すると途端にゆいの表情が曇った。心配そうに優真の表情をうかがう。

「……ねえユーマ、何かあった？　今日、元気ないよ？」

「別に……」

いくらなんでも本人に理由を言えるわけがない。

ただぶっきらぼうに言ったのが悪かったようで、ゆいはますます心配そうになった。

「…………」

ゆいはチラリと、周りの様子をうかがった。他にもお客さんはいるが、少なくとも今こちらを見ている人はいない。

「……ユーマ、ちょっとこっち来て」

「え？　ちょっ？」

突然腕を引かれた。不意をつかれた優真は試着室に引っ張り込まれてしまう。

「ゆ、ゆい⁉」

ゆいはすぐにカーテンを閉め、優真の方に向き直った。あまりにも狭い密閉空間。否が応でも胸の鼓動が高まってしまう。

「ユーマ、しゃがんで」

「え？　な、なんで……」

「いいから」

ぐいぐい腕を引っ張られる。軽く混乱したまま、言われた通りしゃがんでみる――と。

ゆいは優真の頭に手を回し、自分の胸にギュッと抱きしめた。

「……ちょっ⁉」

柔らかい感触。ミルクのような甘い匂《にお》い。ゆいの心臓の音。

突然の事態に完全に思考停止に陥《おちい》ってしまった。少し遅れて抱きしめられている安心感と男としての欲求がない交ぜになったものが湧き上がってくるのを感じる。

「えと……前に言ってたオキシトシン。落ち込んでる時とかいいらしくて……どう、かな？」

流石に恥ずかしそうに言いながらも、ゆいは腕の中にいる優真の頭を撫《な》でてくる。

「いや、あの、おま……は、恥ずかしくないのか」

「は、恥ずかしい……けど、わたし、ユーマのこと大好きで……ユーマに元気になってもらいたくて、それで……」

ゆいはさらにギュッと力を込めて抱きしめてくる。

「あの、さ。わたしにできることがあったら、言ってね？　頼りないかもしれないけど、頑張るから……」

――心臓が破裂しそうな程バクバク鳴っている。鳴りやまない。

ゆいのことが好きでたまらない。愛おしくてたまらない。このまま抱き返したい。自分のものにしたい。

けれどゆいはあくまでも、自分のことを親友として大切にしてくれている。そんなゆいにこんな気持ちを抱いていることに後ろめたさがあって……なのにゆいの気持ちを利用してでも自分のものにしてしまいたいと思ってしまう罪悪感もあって……。

「ごめんちょっとトイレ行ってくる！」

結局ゆいの腕から強引に抜けて、その場から逃げ出してしまった。

早足でトイレのある方へ向かう。

(ダメだ。ダメだ。ダメだ)

やはり今まで通りゆいのことを親友として見られない。どうしてもゆいのことを『好きな女の子』として見てしまう。

……何より問題なのは、ゆいがあんなことをするくらい優真のことが大好きなことだ。

たぶん、ゆいは優真が告白したら付き合ってくれる。

けれどそれはきっと今までのことに対する恩返しとか、気まずくなったりしたくないからだ。

そんな理由で付き合うのは違うと思う。

違うと思うのに……そこにつけ込んででも、ゆいを自分のものにしたいという気持ちが日に日に強くなっていく。そんな自分の浅ましさに罪悪感が膨らんでいく。

商品棚の角を曲がる――と。

ネネが、ニッコニコで待ち構えていた。

ネネは人差し指を自分の唇に当てて『静かに』と合図する。商品棚の隙間《すきま》からゆいの方をうかがい、スマホに文字を入力してこっちに向ける。

『恋の悩みなら相談のるよ?』

どうやらさっきのやり取りを見られていたらしい。また顔が熱くなるのを感じた。

（……どうしよう？）

ネネにそういう話をするのはものすごく恥ずかしい。

だが、現状の打開策は自分にはなくて、今の状況を何とかしたい。そしてこういう相談にのってアドバイスをくれそうな身近な知り合いといったらネネしかいないのも確かで……。

『お願いします』

しばらく悩んで、そう返事をした。

†

お店のバックヤードに連れていかれた。

パイプ椅子に座り小さな簡易テーブルを挟んで、優真は悩みを打ち明けた。

ゆいのことが好きになってしまって今まで通りに接することができなくなってしまったこと。

ゆいは自分のことを親友として好きなのにこんな気持ちを抱いていることに罪悪感があること。

恥ずかしかったけれど、かなり詳しい部分まで話した。すると……。

「ダメ。もうムリかわいい。ヤバい。供給が過剰すぎる。私の性癖にぶっささりすぎ……」

なんか、ネネは顔を両手でおおってぷるぷるしている。

「えーと、姉貴？」

「ありがとう。それで、お小遣いはいくら欲しい？」

「いや何の話だよ⁉」

「お願い課金させて！　それで二人でデートするのとかに使って！　私の稼いだお金で二人がイチャイチャしてるって思ったらそれだけで無限にお仕事頑張れるから！」

「いやそんなことより相談のってくれよ⁉」

「……ハッ⁉　ごめんごめんちょっと興奮しすぎちゃった。ここからは真面目《まじめ》モードだから！　真面目モードな私だから！」

……相談する相手を間違えただろうか？　チラッとそう思ったがとりあえず話を続ける。

「それで……やっぱりダメだよな。そんな下心ありでゆいに優しくしてるなんて……」

「いや別に？　人付き合いで下心あるのなんて普通のことでしょ？　むしろ今まで友情のためってだけであそこまでゆいちゃんの世話やいてたゆーくんの方がレアだと思うわよ？」

あまりにもすんなりそう言われて思わず面食らってしまった。

「いやけど、ゆいがあれだけ俺と距離感近いのは俺のことを親友として信頼してくれてるからで、そんなゆいに下心があったり……その、そういう目で見たりするのは、やっぱり……」

「ゆーくんがセクハラしてるとかなら叱《しか》るけど、ゆいちゃんの方から甘えてきてるんでしょ？　ならゆーくんが気に病む必要なんて一ミリもないじゃない。そりゃあゆーくんも男の子だしエッチなこと考えちゃうかもしれないけど考えるだけならセーフよセーフ。むしろそうやって悩む時点で純愛なくらいよ」

「いや、けど……」

「そんなこと言ったらゆーくんとゆいちゃんを見てあんなことやこんなこと妄想しちゃってる私はどうすればいいのよ！」

――サラッとすごいこと言わなかったこの人？

ネネはふっと息を吐く。

「ゆーくんはホントにゆいちゃんのこと大事にしたいのね。純粋っていうかなんというか。んー、そうね。全部丸く収まってみんなが幸せになれる方法が一つあります」

「え⁉　そ、それはどんな……」

ネネはにっこり笑った。

「下心なんてあってもいいから、とにかくゆいちゃんと仲良くして、優しくして、メロメロにしちゃえばいいのです」

「……いやだから、下心が出ちゃうのを悩んでるんだけど……」

「まあまあ。そうね……一度想像してみて？　ゆいちゃんがあれだけ距離感近かったのは、実は全部ゆーくんに好きになってほしいっていう下心があったからだったら……どう思う？」

「い、いやあいつの性格的にそんな……」

「そこはそれだけゆーくんのことが好きで頑張ったってことで！　ほらほら想像してみて？」

言われたので一応想像してみる。

ゆいが自分のこと、実は異性として大好きで。

本当は恥ずかしいけれど、自分の気を引きたくて頑張ってアピールしていて。

自分がドキドキしていたようにゆいもドキドキしていて。

「…………っ」

——想像しただけで破壊力が高すぎる。

顔が赤くなる。悶《もだ》えそうになる。そんな優真を見てネネもニヤニヤしている。それに気づくとなんだか恥ずかしくて、どうにか平静を取り繕う。

「いいゆーくん？　下心はあってもいいの。大切なのは相手にその気持ちをどう受け取ってもらえるかってこと。好きな相手からなら下心すら嬉しいものなの」

「け、けどそれは俺がもうゆいのこと好きだから下心があっても嬉しいのであって、そこに至るまでは……」

「ゆいちゃんもゆーくんのこと大好きでしょ？　嫌がられることはまずないと思うけど？」

「だ、だからあいつの好きは友達としての好きで俺の好きとは違って……」

「……私の見立てだとそうでもないと思うんだけどなぁ」

「……え？」

「コホン。ごめん今のなし。んー、じゃあ逆に聞くけど、今から元通りの友達に戻れる？　無理でしょ？　それとも下心があって後ろめたいからってゆいちゃんと距離を置く？　そんなこと言い出したら流石に怒るわよ？」

「う……」

それは……ダメだ。

親友としてではあるけれど、ゆいが自分のことを大好きなのは伝わってくる。自分が離ればきっとあいつは悲しむ。

もうすぐ学校も始まるしゆいを一人にするわけにはいかない。

何より……優真自身がゆいから離れたくない。一緒にいたい。もっと同じ時間を過ごして、ゆいにも自分のことを好きになってほしい。

(……あれ？)

一緒にいたい。ゆいにも自分のこと好きになってほしい。そこでなんだか歯車がカチリと噛《か》み合《あ》う感覚があった。

「ゆーくんは恋愛の悪い部分だけ気にしすぎなのよ。結局のところ、ゆーくんはゆいちゃんのことが好きで、ゆいちゃんにも自分のことを同じように好きになってほしい。そうしてもっともっと仲良くなりたい。それだけなんじゃないかな？　親友と恋人、どっちか選べっていう話じゃないの。親友として好きなまま、恋人としても好きになってもらえばいいのよ」

なんだかコトンと腑《ふ》に落ちた気がした。

自分は今まで、無意識にその二つを切り離してしまっていた。親友に恋愛感情を向けるのは相手の気持ちを裏切ってしまっていると思っていた。

でも……親友として好きなままで恋人になれるなら、それはどんなに幸せだろう。

ネネはくすりと笑うとバンバンと優真の肩を叩《たた》いた。

「ここは甲斐性《かいしょう》の見せどころよ？　ゆーくんがゆいちゃんをメロメロにしちゃえばどっちも幸せな文句なしのハッピーエンドなんだから。ほらほら頑張れ男の子」

はっきり言葉にされて、自分の気持ちを再確認できた気がする。

——ゆいに対して下心はある。自分のことを好きになってほしいと思いながら優しくしている。

けど、だからこそ。

全力でゆいに優しくする。思いっきりかわいがる。全力であいつを幸せにする。

それでゆいが自分のことを好きになってくれたなら、その時にちゃんと気持ちを伝えよう。

優真は自分の中でそう決めた。

ただ、同時に自分なりにルールも決めた。

——以前にも『お世話になってるお礼に付き合う』なんて言ってきたのだ。今すぐにでも付き合ってくれと頼み込んだら、ゆいはきっと付き合ってくれるだろう。

けれどそれはゆいの気持ちを友情で縛り付けるようなものだ。やはりそういうのは違うと思う。

付き合うならお互いがちゃんと、想《おも》い合った状態で付き合いたい。

だからゆいが自分のことを異性として好きになってくれたと確信できるまで、自分の気持ちは隠していよう。そう心に決めた。

◆幕間◆　小さな独占欲

（ユーマ、まだかな……）

ゆいは試着室の中で体育座りをしていた。

優真《ゆうま》が行ってしまって、一人で待っているのは心細いのでこうして試着室に隠れていることにしたのだ。

とはいえ、別に優真に対して怒ったりはしていない。

明らかに何か悩んでいるような感じだったし、いつもお世話になっているのだ。少し待つくらいどうってことはない。

（それに、たぶんネネさんが相談にのってあげてるんだと思うし）

実はゆいは、ネネと優真が店の奥に消えていくのを見ていた。

それで『ネネさんがユーマの相談にのってあげるんだな』と察して、こうして大人しく待っていることにしたのだ。

話した回数は少ないが、ネネさんは頼りになる大人の人だ。自分がでしゃばるよりも任せた方がいい。きっとユーマを元気づけてくれる。

……頭ではそう思っている。けど――。

(なんだろ……なんか、胸がもやもやする)

うまく言葉にできないけれど、嫌な感覚。ゆいは自分の胸にそっと手を当てる。

(ユーマと仲いいの、うらやましいって思っちゃってるのかな?)

きっとそうだ、とゆいは頷《うなず》く。

(いっそわたしもユーマと兄妹とかだったらよかったのに。そしたら毎日ユーマと一緒にご飯食べて、一緒にゲームとかして遊んで、いっぱい甘えて、たまには一緒に寝たりして……)

ゆいは小さくため息を吐いた。

(なんか最近……ユーマのことばっかり考えてる……)

「ゆい?　まだ着替えてるのか?」

「ひゃっ⁉」

いつの間にか戻ってきていた優真に試着室の外から声をかけられてびっくりした。慌てて試着室から出る。

「だ、大丈夫。えと……ずいぶん長かったね」

「ごめん。ちょっと姉貴と話してた」

さっきまで元気がなかったのに今は大丈夫そうだ。きっとネネさんがいいアドバイスでもしてあげたんだろう。

……いいことのはずなのに、また胸がもやもやした。

頼りないかもしれないけれど、それでも自分を頼ってほしかった。

悩みを聞いて力になってあげたかった。力になれなくても慰めてあげたかった。

(わたしの一番大事な友達はユーマだけど、ユーマにとってわたしは何人もいる友達の一人なのかな……?)

そんなことを考えてしまってブンブン頭を振った。この考えはあまりにも自己中心的すぎる。


その後はまた二人で服を選んだ。

優真はいつも以上に『かわいい』といっぱい褒めてくれた。まだちょっとぎこちない感じはあるけれど、時々頭も撫《な》でてくれて嬉《うれ》しかった。

……けど、足りない。

もうすぐ学校が始まって一緒に過ごせる時間が減ると思うと、もっと撫でてほしいと思ってしまう。

(ううん。それでもきっと足りない)

ギューッと抱きしめてほしい。そのまま頭を撫でて、いっぱい甘えさせてほしい。……もっと遠慮なくかわいがってほしい。

(ユーマはわたしが女の子だからって遠慮してるみたいだけど、全然気にしなくていいの

に……もっといっぱいしてほしいのに）
　ゆいはふてくされたように唇を尖《とが》らせた。

　買い物が終わると適当に街をぶらぶらして、その後はいつも通り家まで送ってもらった。

「えと……ユーマ。今日はありがと」

「いや、俺《おれ》も楽しかった。それじゃまた明日な」

　そうやって笑顔でバイバイする。けれど……本当は寂《さび》しい。まだ足りない。もっと一緒にいたい。

　優真が自分に背を向けて離れていく。

　――この後ユーマはネネさんのいる家に帰るんだな。きっと二人で仲良くご飯食べたりするんだろうな。ふとそんなことを考えた。

　当たり前のことなのに、そのことを考えるとまた胸がもやもやしてくる。考えれば考える程もやもやが膨らんで、うらやましくて、優真ともっともっと一緒にいたくて……。

　――我慢、できなくなった。

「ユ、ユーマ待って！」

　気がついたら走り出していた。

優真の腕にギュッと抱きついて動きを止める。

「ゆい？　ど、どうした？」

「あの、あのね？　あの……」

驚いた顔で振り返った優真の顔を見上げて、そして――。

「きょ、今日！　わたしの家！　お……お泊まりしていかない!?」

九話　お泊まりと雷

（……おとまり？）

そう言われても言葉の意味を理解するまでに少しかかった。

（おとまり……ああ、お泊まりか。要するにゆいは俺《おれ》に、今日は自分の家に泊まっていかないかと……）

（――いやこいつ何言ってんの⁉）

「流石《さすが》にこの歳《とし》で男女でお泊まりはまずいだろ⁉」

「わ、わたしは別に気にしないよ？　ほ、ほら、結局いろいろお世話になってきたお礼もちゃんとできずじまいだったし、この機会に何かしたいなって」

「だからそのことは別に気にしなくていいって！」

「わ、わたしがやりたいの！　全然負担とかじゃないしお返しさせてほしいの！」

ゆいにしては珍しく強情だった。

「い、いやけど……」

そんなの姉貴になんて説明すれば……と言いかけて、優真《ゆうま》は今朝《けさ》した会話を思い出した。

『今日、仕事の都合でちょっと遠出するから。帰ってくるの明日の夕方くらいになるからね』

――たしかそんなことを言っていた。……つまり、今日お泊まりしても姉貴にバレることはない。

(……ってダメだろ⁉　そういう問題じゃないだろ⁉)

危うい方向に行きかけた思考を優真は強引に切り替える。

(いや俺だってゆいの家でお泊まりとかしてみたいよ?　ゆいのことかわいがろうって決めたところだからお願いも聞いてあげたいとも思う。けれど流石にお泊まりは……いくらなんでもステップ飛ばしすぎというか……)

――と、そうしているとゆいの勢いがみるみるうちに弱まっていった。

「ゆ、ゆい?」

「……ごめんなさい。ユーマを困らせるつもりはなかったの」

「あ、いや、別に大丈夫だから。何かお礼したいって気持ちは嬉《うれ》しいし」

ゆいはふるふると首を横に振る。

「ごめんなさい。それも……建前《たてまえ》なの……」

「建前?」

「うん……ホントは……ホントは……」

ゆいは自分の服をギュッと掴《つか》む。いじらしい、潤んだ瞳《ひとみ》で優真を見上げる。

「ユーマと……もっと、一緒にいたくて……」

†

（いやだからなんでオーケーしたんだよ俺……）

あのあと優真は、ゆいの家へのお泊まりを了承してしまった。

（いや……いやダメだろ？　今までも距離感近すぎてギリギリな感じだったけど女子の家にお泊まりは流石にダメだろ？）

とはいえ、好きな女の子に『もっと一緒にいたい』なんて言われて断れる男子がこの世にいるだろうか。あの破壊力は……反則だと思う。

優真は何とか気持ちを落ち着ける。

（ま、まあ、とはいえだな。流石にゆいの家に親いるだろ？　いくらゆいでも家に二人きりでお泊まりなんてそんな……）

「今日うち、親いないんだ。仕事で明日までは帰ってこないって」

（――うわあああああっ⁉）

速攻のフラグ回収。なんだかもうめまいがしてきた。

「だから、大きな声出しても平気だよ？」

——ゆいが言っているのはゲームとかして騒がしくしても大丈夫ということだ。頭ではわかっている。わかっているのだが……ついあらぬことを想像してしまった。

けれどどうか許してほしい。『今日うち、親いないんだ』なんて男が好きな女の子に言われたい台詞《せりふ》ベスト10くらいには入るだろう。たぶん。

ドギマギしながらゆいの後に続いて家に入る。

掃除の行き届いた綺麗《きれい》な玄関。なんとなく家主の几帳面な性格が伝わってくる。

いつも家の前までゆいを送ってきていたけれど、こうして中に入るのは初めてだ。緊張ですでに心臓がバクバクしている。

「お、おじゃまします……」

「ん。ふふ、嬉しい。友達を家に連れてくるの、初めて♪」

「…………っ」

——自分がゆいにとって初めて家に連れてきた男子。そんなことですらドキドキしてしまう。なんだかもうさっきから著しく知能が下がっている気がする。

リビングに案内された。

玄関と同じく清潔で落ち着いた雰囲気のリビング。そしてなんというか、家具とかインテリアとか、全体的に高級感が溢《あふ》れている。

「ソファー、座ってて？　お茶、入れるね？」

「お、おう。おかまいなく」

テレビの前にある大きなL字型のソファーに腰を下ろす。

ふかふかだった。ゴロンと横になればさぞ気持ちいいだろう。

「ゆいの親って仕事は何やってるんだ？」

「お医者さんと看護師さん」

「へー、すごいな」

「うん♪」

雰囲気からして親子仲はよさそうだ。なんだか嬉しい。

「んしょ。お待たせー」

ゆいが紅茶とお茶菓子を持ってきた。

それをソファーの前のガラステーブルに置き、ゆいも優真の隣にちょこんと腰を下ろす。

ティーカップを手に取り、軽く一口。

美味《おい》しい。お茶に関してはあまり詳しくないけれど確実に高いやつだ。

「美味《うま》いな」

「ん。大事なお客さんだから、一番いいお茶淹《い》れたんだよ？」

「へえ、ありがとな」

「どういたしまして」

そこでいったん会話が途切れた。

二人で一緒に美味しいお茶とお茶菓子を堪能する。

会話はないけれど、気まずい沈黙ではない。むしろなんだか心地いい。沈黙が気まずくないというか、幸せな感じがする。

隣ではゆいがお茶をふーふーしながらちょっとずつ飲んでいる。そんな姿を見ているだけでじわじわと愛《いと》しさが溢れてくる。

――と、ゆいがスマホを取り出した。

優真もスマホを取り出す。少ししてペコン♪とゆいからメッセージが届いた。

『本日はお越しいただきありがとうございます』

『いえいえ、こちらこそお招きいただきありがとうございます』

『それでですね。ユーマくんへの日頃《ひごろ》お世話になっているお返しなんですが、何かリクエストとかありますか？』

『お返しはやるんですね』

『はい。ユーマくんに感謝してるのとお返ししたいっていう気持ちは本当なので』

『ところでなんでさっきから敬語なんですか？』

『なんとなく照れくさいので敬語でごまかしているのです』

その返答につい笑ってしまった。まあ確かに、あらためて日頃のお礼って照れくさい。する方もされる方も。

『リクエストとかは特にありませんね』

『そうですか。では今日一日、ユーマくんに喜んでいただけるようご奉仕させていただくというのはどうでしょうか？　メイドさんみたいに』

『……メイドさん？』

『はいメイドさんです。お好きですよねメイドさん』

『否定はできません』

（……というかぶっちゃけ大好きです、はい）

そうだ、すっかり忘れてた。

自分はついこの間、実際に会うまでゆいのことを男だと思って接していた。

まあその過程で、いくつか自分の好みというか、そういうのを話すこともあって、つまりゆいは優真のそういう好み……オブラートに包まず言えば性癖を知っている。

（どうしよう、ちょっと死にたくなってきた）

優真が遠い目をしているとゆいからまたメッセージが来た。

『それでユーマくん、ご奉仕させていただいてよろしいのでしょうか？』

——ゆいがしたいって言ってるんだから別に構わないよな？　と優真は考えを巡らせる。

流石にここで断るのもなんだし、正直ゆいが何をしてくれるのか楽しみなところもある。

小さく頷《うなず》いて優真もメッセージを返す。

『わかりました。それじゃあ今日は思う存分ご奉仕してください』

優真がそう返事するとゆいが小さくガッツポーズした。かわいい。

ゆいは一度深呼吸。そして優真の服をつまむとちょんちょんと引っ張ってきた。

「ん。えと、えと……それじゃ、わたしの部屋……行こ？」

「部屋って……入っていいのか？　その、男子を自分の部屋に入れるのって抵抗ない？」

「う、うん。だいじょうぶ。遠慮しないで？」

ゆいに案内されて二階にあがる。

突き当たったところに『ゆいのへや』と書かれたウッドプレートがつるされた部屋があった。

緊張する。何せ生まれて初めて女子（ネネは除く）の……それも好きな子の部屋に足を踏み入れるのだ。

緊張しているのはゆいも同じみたいで先程から動きがギクシャクしている。

「ど、どうぞ」

そう言われて中に入る。——すごくいい匂《にお》いがした。それだけでまた心臓が高鳴り出すのを感じた。

さて、ゆいの部屋はと言うと……なんというか、実にゆいらしい部屋だった。

大きく分けて机回りとベッド回りに二分できる。

ベッド回りの方はぬいぐるみがたくさんあって、ふわふわしたいかにも女の子という感じの雰囲気だ。

だが、机回りの方は……机の上にドン！とごっついデスクトップパソコンが置いてあって、その前にはドドン！と立派なゲーミングチェアが鎮座している。さらにその隣にはデデン！と大きな本棚がそびえ立っていてラノベや漫画がみっちり詰まっている。

――J○J○全巻揃《そろ》えてる女子って日本に他に何人くらいいるんだろう？

「小さい頃、身体弱くてずっと家にいたから、お父さんが寂《さび》しくないようにってぬいぐるみいっぱい買ってくれたの」

「けど当の本人はゲームとか漫画とかの男子的な趣味にハマってこうなったって感じか」

「へ、変かな？」

「いや、ゆいらしくていいんじゃないか？」

「えへへ、ありがと」

「ちょっと本棚見せてもらっていいか？」

「ん、いいよ」

許可を取って本棚の方へ。女子の部屋に入るということで身構えていたけれど、机回りは完全に男子の部屋だ。

それに優真とゆいは好きな漫画などの好みがかなり合う。そのゆいが集めた本となるとやっぱり気になる。

「あ、これ気になってたやつだ。ゆいー、これ面白《おもしろ》かった？」

「けっこう面白かった。ただ序盤の流れは賛否両論って感じかな。けどユーマは気に入ると思うよ？　よかったら貸そうか？」

「サンキュー。それじゃまた後で借りるな。その代わり今度俺のおすすめのやつも持ってくる」

「ん、楽しみにしてるね」

そんな感じの会話をして少し緊張がほぐれた。

趣味に対する立ち位置というかテンションというか、ゆいはそういうのがすごく近い。だから一緒にゲームしたり漫画とかのことを語り合ったりするのが楽しくて心地いい。

「ねえユーマ？　そろそろお礼、したいんだけど……」

「とと、悪い……っ⁉」

「？　どうかしたの？」

「い……いや、なんでもない」

本当になんということはない。振り返ったらゆいがベッドに腰掛けていて、羊のぬいぐるみを抱えてもふもふしていただけだ。

ただ、ゆいのいるベッド回りの方は完全に女の子の部屋だ。

ついさっきまで男子と話すノリで喋《しゃべ》っていたのに振り向いたらゆいが完全に女の子してい
て、そのギャップでますます意識してしまった。

――ここはゆいの部屋なのだ。ゆいが普段寝たり着替えたりしているプライベートな空間。

そんな場所に今、優真は来ているのだ。

思わず生唾《なまつば》を飲み込む。

幸いゆいは優真が何に動揺していたかわかっていないようでキョトンとした顔をしていた。

こういう時だけはゆいの男子に対する無警戒さがありがたい。

「それで、お礼って言ってたけど部屋で何するんだ？」

そう聞くと、ゆいは照れくさそうに身体をもじもじさせた。

「えっと、ね？　わたしなりに、いろいろと勉強してみたんだ。えと、男の子の憧《あこが》れとか、
男の子が喜ぶこととか。そういうの、やってあげたいなって」

「ほうほう」

男子が喜ぶことというなら、好きな女の子が自分のために何かやってくれるという今の状況
がまさにそれだろう。

実際、ちょっと期待してしまっている。ゆいはいったい何をしてくれるんだろう？

そんなことを考えながらゆいの次の言葉を待った。

「えっと、それじゃ……ベッド、横になって？」

「……へ？　ベッド？」

「その、ユーマに、気持ちいいことしてあげたいなって、思って……」

――固まった。頭の中で今朝の夢がフラッシュバックする。

「いや、いやいやいやいや⁉　た、たしかに男子憧れかもしれないけどそれはダメだろ⁉　いくら何でも違うだろ⁉　そ、そういうのはだな？　もっとこう……とにかくダメだろ⁉」

「け、けど、この間わたしが読んだ漫画だと主人公の男の子とお母さんがしてて……」

「二次元と三次元を一緒にしない！　というかお前どんな漫画読んでるの⁉」

「そ、そんなにダメなことかな？」

「ダメに決まってるだろ⁉　そ、そういうのはもっとちゃんと………ごめん、その手に持ってるのは？」

「え？　耳かき棒だけど……」

「耳かき棒」

「う、うん。耳かき棒」

「何に使う耳かき棒？」

「え？　耳かき以外に何かあるの？」

「……うあああああ」

最低な勘違いをしてしまった。

顔をおおって悶絶《もんぜつ》した。穴があったら入りたいというか、穴を掘って埋まりたい気分だった。

「えと、ユーマ？　耳かき、いやなのかな？　わたし、お母さんにたまにやってもらってて、気持ちいいからユーマにもやってあげたかったんだけど……」

ゆいの言葉に罪悪感がどんどん膨らんでいく。

「ユーマ？　それで、どうするの？」

「ああ、うん。それじゃ、してもらおうかな……」

「ん。じゃ、ひざまくらするから横になって？　初めてだから緊張するけど、優しくするね？」

もうどうこう言う気力もなくて、言われた通りベッドに横になってひざまくらしてもらう。

だがそこで気がついた。

――ひざまくらで耳かきも、十分やばい。

もっとやばいことを想像してしまっていたので、つい感覚が麻痺《まひ》していた。

好きな女の子の太ももに頭を乗せているのである。ほどよい弾力と体温、甘い匂い。そして何より自分にそうすることを許してくれているというこの距離感。思春期男子にはいくらなんでも刺激が強すぎる。

「ゆ、ゆい？　これはちょっと……」

「動かないで、危ないから」

ゆいは真剣な声でそう言って、そっと耳かき棒で優真の耳の内側をこすった。

「ひゃっ⁉」

変な声が出てしまって慌てて口を塞《ふさ》いだ。

「ご、ごめん痛かった？」

「い、いや痛くはないけど……」

「そっか、じゃあ続けるね？」

「あ、ちょ、待っ……～～～っ⁉」

――女の子のひざまくらで、耳かきをしてもらう。

漫画などでちょくちょく見るし、確かに憧れもあった。だが実際にやってみると……それはもはや天国を通り越して拷問だった。

ひざまくらの時点で限界だったのに、そこから敏感な耳の中をこしょこしょと撫《な》でられる感覚に背筋がゾクゾクする。

快感と言うには淡い感覚。だがそれもこのシチュエーションでは凶悪なものとなった。さらにゆいの真剣な視線や息づかいまで感じてしまって、もはや平常心を保てない。

「ユーマ、気持ちいい？」

「………きもちいい」

気持ちいいか悪いかで言えばめちゃくちゃ気持ちいい。だが気持ちよさも時として地獄となるのだ。

そんな男心はつゆ知らずゆいは「よかった」と嬉しそうに笑っていた。

「あ、あのさ、ゆい」

「ん、なあに？」

「お前さ。俺が男だってわかってるよな？」

「うん、そりゃあもちろん」

「その……恥ずかしいとか、思わないのか？　普通女子ってこういうの恥ずかしがるだろ？」

「……正直言うと、ちょっと恥ずかしい」

「だったら……」

「けど……ね？　わたし、ユーマのこと大好きだから」

ゆいは迷わずそう言って照れくさそうに笑った。

「たぶんわたし、ユーマが思ってるよりずっとユーマのこと好きだよ？　こうやって触れ合ってるとなんだか癒やされるし、ユーマが喜んでくれたらわたしも嬉しいし。一緒にいるだけですごく幸せな気持ちになって……」

穏やかに話すその声から、本当に優真のことが大好きなんだという気持ちが伝わってくる。

「その……ユーマはこういうの嫌かな？　嫌だったらやめるけど……」

「……嫌じゃない」

「じゃあ続けていい？」

「………うん」

ゆいは嬉しそうに小さく笑って、丁寧に耳かきを続ける。

——好きな女の子にそんなことを言われて嬉しくないわけがない。

ただちょっと、顔が熱くてしばらくまともにゆいの顔を見られそうになかった。

「……お前ホントそういうとこだぞ……」

「ん？　何か言った？」

「なんでもない……」

耳かきが終わった後も、ゆいの顔を見られるようになるまでしばらくかかった。

†

『それじゃあ次は、わたしの手料理を振る舞うとかいかがでしょう？』

優真が落ち着いた頃、ゆいはまたチャットでそんな提案をしてきた。

『手料理ですか？』

『はい。漫画とかアニメの知識ですけど、男の子にとって女の子の手料理は憧れって言うじゃないですか。ユーマくんも嬉しくないですか？』

まあ確かに。

女子の手料理というのはなんとなく憧れがあるし、好きな子が自分のために作ってくれたとなれば格別だろう。ただ……。

『料理、できるんです？』

『むー、わたしのこと一人じゃ何にもできないダメ人間と思ってませんか？　これでも家事全般は得意なんですよ？　特にお料理はプロ顔負けなのです』

『そんなに得意なんですか⁉』

『ごめんなさいちょっと盛りました。けど得意なのは本当なのでぜひご馳走させてください』

『それじゃあせっかくなので、ご馳走になります』

そう返事するとゆいはまた嬉しそうに笑った。こんな何気ない会話でもゆいとだとすごく楽しく感じる。それに料理ならさっきの耳かきみたいなこともないだろう。

『ではでは、お腹《なか》の空き具合はどうですか？』

『いい感じに減ってきてますね』

『それでは少し早いですが作りましょうか』

ゆいは立ち上がるとキッチンがある一階に向かった。少し遅れてその後をついていく。

キッチンに行くとゆいは冷蔵庫を開け、真剣に中身を吟味しだした。

「ねえねえユーマ。ハンバーグは好き？」

「好き」

「にんじんとブロッコリーは食べれる？」

「嫌いじゃない」

「ん。それじゃメインはハンバーグで付け合わせはにんじんのグラッセとブロッコリーで……これだけじゃ寂しいからスープも作って……よしコーヒーゼリーもある」

――コーヒーゼリー……デザートだろうか？　正直あんまり好きじゃないが、まあそれくらいは我慢しよう。

そんなことを心の片隅で思いながらも、冷蔵庫から材料を取り出すゆいの姿を眺める。

「俺も何か手伝うよ」

「ユーマはお客さんなんだからのんびりしてていいよ？」

「手伝いたいんだよ。……こういうのも、一緒にやった方が楽しそうだろ？」

「……ん♪」

そうして料理を手伝うことになった。

ゆいはヘアゴムで髪を束《たば》ねてポニーテールにする。いつもは髪で隠れているうなじが見えた。

こうして髪型を変えるとずいぶん雰囲気も変わる。

薄いピンク色のエプロンを身につけ、優真にはお父さんが使っているという黒いエプロンを

貸してくれた。

……いつもと違う髪型とか、エプロン姿とか、そんな些細《ささい》なことにすらドキドキしてしまって困る。

「ユーマはお料理できるの？」

「あんまり。冷凍食品なら作れるのと家庭科で習ったくらい」

「じゃあせっかくだし教えてあげるね？」

「おう」

ゆいが料理が得意と言ったのはどうやら本当のようだった。

慣れた手つきで準備を整え、本などを見ずにてきぱきと作業を進めていく。動きに迷いがない。

「……って、そのコーヒーゼリー何に使おうとしてる？」

「ハンバーグの隠し味」

「……マジで？　大丈夫なのかそれ」

「ん。美味しいから信じて」

ゆいはためらいもせずハンバーグに使うひき肉にコーヒーゼリーを大胆に投入した。

「そういう知識ってどこで仕入れてくるんだ？」

「ネット。……わたしさ、小さい頃から身体弱くて、お父さんとお母さんにも迷惑かけてたから。せめて家事くらいはって、頑張って覚えたの」

「そっか。偉いな」

「えへへ。それでね、せっかくやるならってネットで隠し味とか裏技とか調べてさ。このコーヒーゼリーとか、すごく美味しくなるから楽しみにしててね」

――真面目《まじめ》というか健気《けなげ》というか、やはりゆいは受けた恩とかを気にするタイプのようだ。……何故《なぜ》か、胸がキュッとなる。

「ハンバーグはこうやってペタペタやってしっかり空気抜いてね？　それで、最後は表面を滑らかにして……」

「こうか？」

「ん、上手上手」

――ふと、もしもゆいと結婚したらこんな感じなのだろうかと思ってしまった。

すぐにその妄想を振り払う。今そういうことを考えるのはまずい。料理どころではなくなる。

「焼く時は最初は強火で、中に肉汁を閉じ込めて……」

こうして隣に立っているだけで愛しさが溢れてくる。ゆいのことを思いきり抱きしめたいと思ってしまう。

そうこうしてる間に料理が終わってしまった。正直、教えてもらったことが半分も頭に入っていない。

できた料理を皿に盛ってテーブルに並べる。向かい合って座って、いただきますと二人で手を合わせた。

「さて……」

コーヒーゼリー入りのハンバーグ。

ためらいもせずコーヒーゼリーを入れた時は少し不安になったが少なくとも見た目は普通……どころかお店で出せそうなくらいしっかりしている。

匂いも問題なし。となると問題は味だが……実はコーヒーが苦手な優真は『あれだけ入れたのだからコーヒーの味がするのでは？』と一抹の不安を感じていた。

箸《はし》で割ってみる。すると中から食欲をそそるいい匂いと共に肉汁が染み出してきた。

（……美味そう）

口の中に唾液が溢れてくる。さっそく一口食べてみる。

モグッ。ジュワッ。

嚙《か》みしめるとほろりと肉がほどけ、口いっぱいに旨味が広がった。

「……どう？」

「めっちゃ美味い」

「えへへ♪　でしょー」

実際めちゃくちゃ美味い。ゆいは『盛った』と言っていたが本当にプロ並みかもしれない。

——かわいくて、趣味が合って、料理上手……これはもう理想のお嫁さんなのでは？

　またそんなことを考えてしまって慌てて振り払った。ごまかすようにご飯をかき込む。ハンバーグにかかった濃いめのソースとご飯がよく合った。

「あ、ユーマ。ご飯粒ついてるよ？」

「え、どこ？」

「ここ」

　ゆいはひょいと手を伸ばし、優真の口元に付いていた米粒を取った。そしてそのままパクッと自分の口に入れてしまう。

「だ、か、ら！　お前はホントそういうもおおおおお！」

「？」


　その後、食べ終わってから後片付けを一緒にやった。

　ゆいが食器を洗って、渡されたのを優真が布巾で拭いていく。

　家で家事をやることはあるけれど、それははっきり言って面倒くさい作業だった。

　けれどこうしてゆいと肩を並べて作業するのは本当に楽しい。何というか、幸せを感じる。

「もー、何度も言うけどユーマはお客さんなんだから座っててていいんだよ？」

「俺も何度も言うけど手伝いたいんだよ。それにこうやって一緒に何かやるの、俺は楽しいけどゆいは楽しくないか？」

「……楽しいけど、これじゃお礼にならないもん」

「お前もけっこう強情なやつだな。お礼とか本当に気にしなくていいんだからな？」

そう言ったが、ゆいはどうも納得いかない表情だ。

「ユーマ、あのね？　わたし……ほんとにほんとに、ユーマには感謝してるんだよ？」

「どうしたんだよあらたまって」

「……ユーマ、初めて直接会った時のこと、覚えてる？」

「そりゃまあ」

忘れるはずがない。衝撃的な出会いだった。いろんな意味で。

「あの時はわたし、コミュ障ひどくて、うまく話せなくて、周りの視線とかひそひそ声、気になって……けど、けどね？　今は、ユーマと二人なら、話すの楽しくて、外に出るのも怖くなくて……」

「ゆい、頑張ったもんな」

「ううん。わたしが頑張れたの、ユーマのおかげなの。……わたしね？　高校には進学したけど、あんまり行く気、なかったんだ」

「そうなのか？」

「うん。わたしコミュ障で、今まで友達もいなくて、高校に行ってもきっとつまらないって、孤立したりいじめられたりするなら、行かない方がいいって。けど、ね？　ユーマがいるから、今は学校始まるの、楽しみなんだよ？」

そう言っている間に食器を洗い終わった。ゆいは手を拭いて、あらためてこちらに向き直る。

「わたし今、毎日がすごく幸せ。今日が楽しくて、明日もきっと楽しいって思えて、あれだけ怖かった学校も楽しみで。この幸せはユーマのおかげで……だからちゃんとお礼させてほしいの！　そうじゃないと気持ちが収まらないの！」

「はいはい。それじゃそのお返しはゆっくりしてくれればいいから。その……これからもずっと一緒なんだし」

「……っ！　う、うん！　そうだね、えへへ♪」

ゆいは嬉しそうに笑う。

なんだか無性に頭を撫でたくなって手を伸ばした。だがあまり気安く女の子の髪に触りすぎるのもダメかなと、途中で手を止めてしまった。

するとゆいは優真が撫でようとしたのに気づいたようだ。逃げるでもなく、自分からこちらに頭を傾けてくる。

そのままにしていると『撫でないの？』と言いたげな目でジッと見つめてくる。

おねだりするような視線に応《こた》えて頭を撫でてやると、ゆいは子猫のように目を細めた。頭を撫でてもらって喜んでいるのが伝わってくる。『もっと』と言うように自分からぐりぐり頭を押しつけてくる。

（……なんだこのかわいい生き物）

優真はしばらくゆいの頭を撫で続けた。

†

そんな感じで仲良く家事をしたり遊んだりしながら時間が過ぎていった。

今はお風呂《ふろ》から上がって、ベッドに腰掛けたゆいの髪を優真が乾かしてやっている。

優真がゆいのパジャマ姿や髪から香るシャンプーの香りにドキドキしてしまっていることなどつゆ知らず、ゆいは機嫌よさそうになすがままになっている。

「熱かったりしないか？」

「ん、大丈夫。ユーマ、ありがと～」

「髪長いと乾かすのも大変だろ？　気にすんな」

「えへへ、毎日こうだったらいいのに」

その言葉にまたドキリとしてしまった。

（——またこいつはサラッとそういうことを）

ゆいは人の気も知らないで気持ちよさそうに目を閉じている。

――たぶんゆいにとって自分は、安心安全なお兄ちゃん分ってとこなんだろう。信頼されているし好かれているのは嬉しい。けれど少し複雑な気分だ。流石にちょっとくらいは異性として意識してもらいたい。


髪を乾かし終わった。ゆいはふわふわの仕上がりにご満悦だ。

「そろそろいい時間だし、寝るか」

「そだね。……ねえユーマ？」

「言っとくけどくっついて寝るとかはダメだからな？」

「えー」

半分冗談で言ったのに本当にやる気だったのかと優真は苦笑いした。

「お前さあ……身の危険とか考えないのか？」

「身の危険？」

「その、俺に襲われるとか」

「ユーマはそんなことしないでしょ？」

きょとんとした顔でそう返された。

――まあ、実際しない。ゆいを泣かせるようなことをしたら後で絶対罪悪感で死にたくなる。ただ生理現象として身体は反応してしまうわけで……その危険を考えるとやはりくっついて寝るのはなしだ。

「とにかくダメなものはダメ」

「むー」

ゆいは不服そうだったけれど、同じベッドで寝るという妥協案を出したらしぶしぶ納得してくれた。


「じゃあ、この線は越えるなよ？　越えたら怒るからな？」

「ん」

ぬいぐるみをいくつか置いてベッドの真ん中に境界線を築く。

（普通こういう警戒は女子の方がやるもんだと思うんだけどなぁ）

ベッドに二人で横になる。

ベッドからもゆいの甘い匂いがして胸がドキドキした。いろいろあってすごく疲れているのだがはたして眠れるだろうか？

「ねえ、ユーマ？」

二人で向かい合った体勢。ゆいが心なしか不安そうに声をかけてくる。

「今日、楽しかった？」

「ああ、楽しかった」

迷わず答えた。

ゆいは本当に無防備すぎるし、男女の距離感がわかっていなくて振り回される。

けれどそんなところも愛しくて、振り回されるのも楽しくて、こうして一緒にいる時間が幸せだ。

「……なあ、ゆい」

「ん、なあに？」

「好きだぞ」

「えへへ♪　わたしも」

ゆいは嬉しそうに笑う。

（まあそういう反応だよな。言うの地味に緊張したんだけど）

手を伸ばして頭を撫でてやる。ゆいは嬉しそうにそれを受け入れてくれる。

やきもきするけれど、こういう関係も悪くないのかもしれない。

しばらくするとゆいはすやすやと寝息を立て始めた。なんだかんだではしゃいでいたし疲れたのだろう。

一方の優真はちょっと眠れそうにないので、眠くなるまでスマホでもいじっていることにした。

スマホの明かりでゆいが起きないように背中を向ける。とりあえず買っていた電子書籍でも読んでいよう。

それから二時間弱。ラノベを一冊読み終えた。

……鈍感主人公系のラブコメだったのだが、ヒロインの方にめちゃくちゃ感情移入してしまった。

（そうだよな？　全然気づいてもらえないのって辛《つら》いよな？　わかるぞその気持ち）

不遇なヒロインに共感していると——ポツ、ポツという音が聞こえてきた。

（……雨か？）

そう思って耳をすます。ポツポツという音はやがてザーザーという本降りの音に変わる。

最近天気が不安定だなと思っていると外がピカッと光った。

三秒程の間を置いて、空気を震わすような雷の音。ガラス戸がビリビリと震えている。

少しするとまた光った。今度は二秒程で轟音《ごうおん》。でかい。それにだんだん近づいてきて——

ドン、と背中に衝撃があった。

「ゆい⁉　こ、こら！　線は越えるなって……ゆい？」

ゆいが優真の背中にすがりついてきている。その小さな身体はふるふると震えていた。

「ゆい？」

身体の向きを変える。ゆいは怯《おび》えきった小動物のように小さくなっていた。

また光った。一秒程で轟音。

「きゃあっ⁉」

ゆいが悲鳴を上げた。

「……雷ダメなのか？」

ゆいはコクコク頷いた。

本当にダメなようで、怯えきった様子で震えている。

そんなゆいを――優真はギュッと抱きしめた。

「あ……」

「大丈夫。怖くない。雷がどっか行くまでこうしてるから。な？」

「……うん」

正直心の中でいろいろな感情がグルグルしているが、こうしてあげるべきだと思った。怯えているゆいを護《まも》ってあげないとと思うと自然と身体が動いた。

ゆいが力いっぱい抱き返してくるのと、何か柔らかいものが当たっているのとで気が気じゃない。ただ、ゆいの身体の震えは収まってくれていた。

それからさらに三十分程。雷雲は遠くに行ってしまったようだ。

ゆいを起こさないようにそっと身体を離す。

ゆいは人の気も知らないですぅ、すぅ、と安らかな寝息を立てていた。

緩《ゆる》みきった表情はあどけなさが強くて、ますます小動物感が増している。

その穏やかな表情を見ているだけでなんだか幸せな気持ちになってくる。

つい我慢できなくて、もう一度優しく抱きしめた。

全身ふわふわ。どこに触れても柔らかい。そのまま後頭部の辺りを撫でる。

すると「んぅ……」と小さな声を漏《も》らして子猫のように優真の胸に頭をすりすりしてきた。

(……かわい)

——愛しさが溢れ出すのを感じる。異性としても、親友としても、妹分としても好きで好きでたまらない。

自分のものにしたい。幸せにしたい。護ってあげたい。愛おしい。そんな気持ちが胸の中でどんどん膨らんでいく。

撫でるだけのつもりだったのだが、もう少し触れていたくなった。

きめ細かい乳白色のほっぺたにそっと指先で触れてみる。

滑らかで、ぷにぷにして、ほんのり温かい。ずっと触れていたいと思ってしまう。

「にゅぅ……」

ゆいは眠ったまま、くすぐったそうな笑顔を浮かべた。

起きる気配はないけれど、これ以上はやめとこう。そう思って手を引っ込めようとしたその時だ。

「ゆー、まぁ……」

名前を呼ばれて心臓が跳ねた。

ゆいはまだ眠っている。夢を見ているみたいだ。

……ゆいが自分の夢を見ている。そう思うとまた胸がドキドキと高鳴り出す。

ふと、軽く開かれた桜色の唇に目が行った。

——キス、したい。そう思ってしまった。すぐにそのふざけた考えを振り払う。

そんなのダメだ。寝ている間に女の子の唇を奪うなんて最低だ。絶対にやらない。


けれど……今回は少しだけ、理性が負けてしまった。

人差し指の腹でちょっとだけ、ほんの少しだけ、ゆいの唇に触れる。

びっくりするくらい柔らかかった。これまでゆいの身体にはけっこうあちこち触れてしまったが、そのどれよりも柔らかい。

すぐに手を引っ込める。これ以上はいろいろとダメだ。


その後はドキドキしすぎてなかなか寝付けなくて。

ようやく眠れたのはさらに数時間が経《た》った頃だった。

幕間　気づいた気持ち

夢の中でも、ゆいは優真《ゆうま》に抱きしめられていた。

寝ぼけている時みたいに頭がほわほわしている。そのままぼんやりしているのが気持ちいい。それに今は優真が抱きしめてくれている。

あったかい。優真の胸に顔を埋《うず》めると、心臓の音が聞こえてなんだか安心する。

優真の胸に頭をスリスリ。『今のうちに甘えとこー』とぼんやりした頭で考えて、子猫のように無邪気にじゃれつく。

――大事な大事なお友達。

大好き。もっと近づきたい。ずっと一緒にいたい。心からそう思える大事な人。

顔をあげた。すぐ目の前に優真の顔がある。

優真は目を細めて、優しく頭を撫《な》でてくれた。

「えへへ……」

頭を撫でてもらうのが気持ちいい。こうしているとふわふわ、幸せな気持ちになってくる。

──大好きな大好きな男の子。

大好きで、近づきたくて、もっと好きになりたい。もっともっと好きになってほしい。

ふわふわしたいい気持ち。優真のことが愛おしくて、ずっとずっとこうしていたい。

……と、ゆいを抱きしめていた優真の腕に、少し力がこもった。優真は目を閉じて、顔を近づけてくる。

「え……？　あ……」

唇と唇が重なる。……キス、された。

キスしていた時間はほんの一瞬。優真はすぐに唇を離して、申し訳なさそうな顔をする。

「……ごめん。嫌だったか？」

「う、ううん。び、びっくりしたけど、いやじゃないよ？」

それは本心だった。いきなりキスされてびっくりしたけれど、優真が相手ならまったく嫌だと思わない。

……それどころか、胸がドキドキしている。幸せな気持ちがどんどん溢《あふ》れてきて、止まらない。

「……ね、ユーマ」

「ん？」

「えっと、あのね……？」

ゆいはそう言いながら、優真の襟首《えりくび》の辺りをちょんちょんと引っ張る。

「さ、さっきの……もう一回、して？」

そう言うと、優真は嬉《うれ》しそうに笑ってくれた。

ゆいはドキドキしながら目を閉じる。そして再び唇が――。


――というところで、目が覚めた。

ゆいはパチリと、優真の腕の中で目を開ける。

状況を確認。さっきの出来事が夢だったことに気づくのに十秒程。そして――。

「～～～～～～～～っっっ⁉⁉」

あまりの恥ずかしさに、ゆいは声にならない悲鳴を上げた。

今だけは眠っている優真を起こしたくなかったのでジッとしていたが、そうでなかったら枕《まくら》に顔を埋めて悶絶《もんぜつ》していたことだろう。

（わ、わ、わたし何であんな夢見たの⁉　え⁉　え⁉　なんで⁉　ホントになんで⁉）

軽くパニックになった。自分があんな夢を見たことが信じられなかった。確かに優真のことは大好きだけどそういう好きじゃなかったはずだ。

……なのにあんな夢を見た。夢の中でキスされて、ドキドキしてしまった。

「う、う……ん……」

「っ！」

優真の目が薄く開いた。二人の目が合う。

「～～～～っ！」

ゆいはボッと顔が熱くなるのを感じた。胸がドキドキ高鳴り出す。

「あ……あ、の……あう……」

声が出ない。恥ずかしくてたまらなくて、視線を右往左往させてしまう。

一方の優真はまだ眠いみたいだ。またゆっくり目が閉じて、すやすや寝息を立て始めた。

「ユ、ユーマ……？」

「…………」

声をかけても起きない。……助かった、と思った。

まだ胸がドキドキしているしきっと顔もまっ赤だ。もし優真が目を覚ましていたら何かに気づかれてしまったかもしれない。

ホッと胸をなで下ろしたその時だ。

「んぅ……」

「ひゃっ⁉」

優真は寝ぼけているのか、ゆいを抱きしめる腕に力がこもった。身体がますます密着する。今まであまり意識してこなかった男の子の硬い身体。自分より高い体温。今はそれを意識してしまっている。自分の心臓の音で優真が目を覚まさないか心配になってくる。

優真に抱きしめられているのが急に恥ずかしくなってきて、でも嫌じゃなくて。胸が苦しくてたまらないのに、その苦しいのも含めてなんだか、幸せで。

このままずっとこうしていたいと、そう思ってしまっている。

(わ、わたしってユーマのこと……そう、なの?)

優真のことは、本当に大好きだ。

困っていたら助けてくれて、頼りになって。甘えたり一緒に遊んだりするのが楽しくて、幸せで。頼れるお兄ちゃんみたいな感じに思っていた。

けれど、さっきからずっと、胸がドキドキしている。

(寝顔、かわいい……)

そっと手を伸ばし、ほっぺたに触れてみた。

こうしていると夢の中みたいにふわふわと、幸せな気持ちになってくる。

ほっぺたに触っていると、親指が優真の唇に触れた。

柔らかかった。

(キス……したいな……)

ぼんやりとそんなことを考えた。

…………………。

（…………わたし今何考えたの⁉）

自分が考えたことが信じられなかった。ただ優真の寝顔を見ていたらなんだか幸せで、ふわふわして。気づいたらさっき見た夢みたいに、キスしたいなんて考えていて……。

ゆいは優真の胸にぽふっと、顔を埋めた。胸がドキドキしすぎて苦しい。

……夢の中でキスした感触が、まだ残っている。

あの夢の続きを見たかったと、今も優真にキスしたいと、そう思ってしまっている。

（そっか、わたし……）

優真の胸に顔を埋めたまま、ギュッと抱きしめた。

（好きな人……できたんだ……）

EPILOGUE ◆ エピローグ

少し時間は流れて、高校入学式の朝。優真《ゆうま》は高校の制服に身を包み、朝食を食べていた。

今日から優真も高校生。新しい生活が始まるわけだ。

だが……優真はそれどころではなかった。

「俺《おれ》……ゆいに何か悪いことしちゃったのかな……？」

「さー？　どうだろうねー？」

あのお泊まりの日から、ゆいの様子が変なのだ。

初対面の時に戻ってしまったというか、顔を合わせるとオロオロする。目を合わせてくれないし、話すのもチャットですることが多くなった。

以前はスキンシップとかも多くて優真の方が困るくらいだったのに、今はなんだか距離を置かれている……どころか軽く逃げ気味なのだ。正直寂《さび》しい。

「ほらほら、そんなことより早く朝ご飯食べちゃって。いつまでも片付かないじゃない」

ちなみにネネにもそのことを相談してみたのだが『それに答えちゃうのは私的にルール違反だから』と何も教えてくれなかった。

「それじゃ、私はそろそろ行くから」

「ああ」

入学式にはネネも来てくれることになっているのだが、その前にお店のあれこれを片付けるんだとかでネネの方が先に家を出る。優真はスーツ姿のネネを玄関まで見送りに行った。

「戸締まり、忘れないでね」

「わかってるわかってる。行ってらっしゃい。気をつけてな」

家を出る直前。ネネはちらりと優真の方を振り返った。

「ん？　どうした？」

「……女の子が男の子を避ける理由。嫌いだからとは限らないからね？」

「へ？　どういうことだ？」

「しーらない」

ネネはくすくす笑いながら行ってしまった。

嫌いだから避けているとは限らない？　その場でしばらく考えてみたが答えは出ず、リビングに戻ろうとする。


ピンポーン。

インターフォンを鳴らす音がした。

姉貴か？　何か忘れ物でもしたのかな？　そう思ってそのまま扉を開ける——と。

白い髪に薄紅色の瞳《ひとみ》。そして……今日から優真達が通う高校の制服姿。ゆいがそこに立っていた。

「あ……」

いきなり扉が開くとは思っていなかったようで、ゆいはハトが豆鉄砲でもくらったような顔で優真を見上げている。

そして途端にきょどりだす。

オロオロ、おどおど。まるで初対面の時のようなきょどり方だ。

それでも何とか頑張って優真の顔を見る……が、すぐに顔を赤くして目をそらしてしまう。

「お、おはよ……」

「お、おはよう。どうしたんだ？　入学式は親と一緒に行くって言ってただろ？」

「う、ん……け、けど、その……」

何か言いかけて、ゆいは黙ってしまった。二人の間に流れる微妙な空気。

（なんだろう、なんか、気まずいとかじゃなくてこう……うまく言語化できないけど、むず痒《がゆ》い）

「せ、制服似合ってるな」

「っ⁉」

ゆいが耳までまっ赤になって露骨に目をそらした。沈黙に耐えかねて褒めてみたのだが完全に逆効果だったようだ。

……けれど、しばらくするとゆいの視線がまたこちらに戻ってくる。チラチラ様子をうかがうようにこちらを見て、上目づかいに優真を見上げる。

「あの、その、えっと……」

「ん？」

「ユ、ユーマも……かっこいい、よ？」

顔が熱くなるのを感じた。少しでも油断するとにやけそうになる口元を必死に引き締める。

「あ、ありがとう……」

「こ、こちらこそ……」

「こうやってお互い制服だと、なんか照れるな」

「そ、そ……だね」

「それで本当にどうしたんだ？　その、一人みたいだけど大丈夫なのか？」

「う、うん。あの……ね？　えっと、その……」

またおどおどし始めた。

ゆいはスマホを取り出そうとして……その手を止めた。スマホをカバンに戻して、深呼吸。意を決したように優真を見上げる。

「は、初登校っ。い、いっしょに、行こっ？」

よっぽど恥ずかしいのか顔がまっ赤でふるふる震えている。けれどそんな姿がかわいくて、また心臓が跳ねるのを感じた。

「そ、そうだな。それじゃ一緒に行くか。戸締まりとかするからちょっと待っててくれ」

――それ以上見ていられなくて家の中に逃げてしまった。

以前とは何かが違う。前みたいに話せなくなってしまったのに何故《なぜ》か……前よりもドキドキしてしまう。

水を一杯飲んで、どうにか多少は気持ちを落ち着かせてから一緒に家を出た。

高校は電車通学だ。駅までの道を二人で並んで歩いていく。

「や、やっぱり初登校だと緊張するな」

「そ、そうだねっ」

「…………」

「…………」

会話もぎこちなくて、結局二人とも黙ってしまった。

何を話そう。ずっと無言の時間が続いてしまっている。……なのに、嫌じゃない。

チラリとゆいの様子をうかがってみると、同じくこちらの様子をうかがっていたゆいと目が合ってしまった。

お互い慌てて目をそらし、また無言で歩いていく。

けれどやっぱりゆいのことが気になって、またチラチラと様子をうかがう。

――と。

ゆいが妙にそわそわしているのに気がついた。

優真の手を見て、手を伸ばそうとしては引っ込めるのを何度も繰り返している。

（……もしかして、手を繋《つな》ぎたいんだろうか？）

そんな考えが頭をよぎる。

あのお泊まり以来、ゆいは腕を組むどころか手を繋ぐこともしなくなっていた。

また手を繋ぎたいと思ってくれているんだろうか？　けど、もし違ったら？　そんな考えが頭の中でグルグルしている。


――優真は覚悟を決めた。


そろそろと伸ばされてきたゆいの手を捕まえた。ビクッとゆいの肩が跳ねる。

半ば強引に手を繋いだ。これでゆいが握り返してくれたら大成功。逃げられたら大失敗。判決を待つ被告人のような気持ちで結果を待つ。すると――。

スルリと、ゆいの手が優真の手から離れていった。

(やらかしたあああああああ!!)

表には出さないが心の中で叫んだ。もう今すぐ逃げ出したい気分だった。だが……。

今度は、ゆいの方から優真の手を握ってきた。

しかも先程とは手の繋ぎ方が違う。

お互いの指を絡《から》ませる、いわゆる……恋人繋ぎ。以前も腕を組んだりはしていたが、恋人繋ぎはしたことがなかった。

顔が熱い。もうまともにゆいの顔を見られない。ゆいも優真と反対の方を向いている。恥ずかしがっているようで、耳までまっ赤になっている。

「……恥ずかしいなら、やっぱり離しとくか?」

優真の言葉にゆいはふるふると首を横に振った。

まるで『はなれたくない』と言うように、ゆいの小さな手がキュッと優真の手を握ってくる。

そんなゆいの手を、優真はギュッと握り返した。

幸い、早めに出たので時間はたっぷりある。

二人は駅までの道をゆっくりと歩いていった。

あとがき

（ネタバレを含むので本編読了後に読むのをおすすめします）

何度もこの作品を読み返しているんですが、ふと『ゆいちゃんって鏡みたいだな』と思うことがありました。

優真《ゆうま》くんはゆいちゃんのことをとっても大事にしています。

その親愛にゆいちゃんも親愛で返してくれます。懐《なつ》いて、甘えて、愛情をかけただけ同じように愛情を返してくれる。そんな女の子。

ただここからは、ゆいちゃんが恋愛感情を自覚したことで少し変化が生じます。

優真くんのことを男の子として意識してしまって、目を合わせるのも恥ずかしい。でも仲良くしたい。自分のことを意識してほしい。優真くんが他の女の子と話してると気になる。

自分の気持ちに気づいてほしい。でも今の関係が壊れるのが怖い。けれどやっぱり近づきたい。……異性として好きになってほしい。

そんなちょっぴりわがままになったゆいちゃんを、どうかお楽しみに。

ここからは謝辞を。

maruma(まるま)先生。最高のイラストありがとうございました。某ソーシャルゲームで先生のイラストに一目惚《ひとめぼ》れして、イラストレーターさんの話が出たときに『やるっきゃねえ！』と担当さんにお願いしたのですが大正解でした。これからも素晴らしいイラスト楽しみにしています。

担当のぺんぎー様。本企画を通していただけたことやその後いろいろお世話になったこと、大変感謝しております。いっしょにこの作品を作れて楽しかったです。これからもよろしくお願いします。

また編集部、営業部、デザイナー様や本作に関わった方々、そしてここまで読んでくれた読者の皆さま、本当にありがとうございました。

それでは今回はこの辺で。二巻でまた皆さまにお会いできるのを楽しみにしています。

岩柄《いわつか》イズカでした。

ファンレター、作品の
ご感想をお待ちしています

〈あて先〉

〒106－0032
東京都港区六本木2－4－5
SBクリエイティブ（株）
GA文庫編集部 気付

「岩柄イズカ先生」係
「maruma(まるま)先生」係

本書に関するご意見・ご感想は
右の QR コードよりお寄せください。

※アクセスの際や登録時に発生する通信費等はご負担ください。

https://ga.sbcr.jp/

『ずっと友達でいてね』と言っていた
女友達が友達じゃなくなるまで

発　行　　2021年9月30日　初版第一刷発行
著　者　　岩柄イズカ
発行人　　小川　淳

発行所　　SBクリエイティブ株式会社
〒106−0032
東京都港区六本木2−4−5
電話　03−5549−1201
03−5549−1167(編集)

装　丁　　AFTERGLOW

印刷・製本　中央精版印刷株式会社

ISBN978-4-8156-1025-8

Printed in Japan　GA文庫

試読版は
こちら!

りゅうおうのおしごと！ 15

GA文庫

著：白鳥士郎　画：しらび

「棋書《きしょ》を出しませんか？」

　休場を選択した銀子と、関東へ移籍したあい。二人の行方を追う八一が頼ったのは、女流棋士にして記者の顔も持つ供御飯万智だった。

「え!?　俺が将棋の本を書くの!?」　意外な条件に驚く八一。しかも万智は執筆に集中するためと、旅館でカンヅメになることを提案して……。

「……着いたで？　八一くん」　急速に接近していく幼馴染の二人。

　一方、タイトル初挑戦を目指すあいは、東京で意外な人物たちとの同居を開始していて!?　女流名跡リーグ遂に決着！　挑戦権を手にするのは、あいか、万智か、それとも……!?　美しき野心と矜持と恋心が正面から激突する第15巻!!